Mucho más gente así

Vicente Leñero

Mucho más gente así

ALFAGUARA

Mucho más gente así

Primera edición: noviembre, 2017

D. R. © 2017, Herederos de Vicente Leñero

D. R. © 2017, derechos de edición mundiales en lengua castellana:
Penguin Random House Grupo Editorial, S. A. de C. V.
Blvd. Miguel de Cervantes Saavedra núm. 301, 1er piso,
colonia Granada, delegación Miguel Hidalgo, C. P. 11520,
Ciudad de México

www.megustaleer.com.mx

ISBN: 978-607-315-906-7

Impreso en México – *Printed in Mexico*

El papel utilizado para la impresión de este libro ha sido fabricado a partir de madera procedente
de bosques y plantaciones gestionadas con los más altos estándares ambientales, garantizando
una explotación de los recursos sostenible con el medio ambiente y beneficiosa para las personas.

Penguin
Random House
Grupo Editorial

Índice

Fumar o no fumar

Se lo escuché en persona a Octavio Paz y él mismo lo repitió en una entrevista. Su médico lo había conminado a dejar de fumar, ahora sí. Octavio pensó entonces que sin el cigarro, lamentablemente, no podría seguir escribiendo, pero endureció la voluntad y dejó el vicio. Descubrió poco después, dijo, que su pasión por escribir había sido más intensa que su pasión por fumar.

Hubo un tiempo ya lejano en que todos fumábamos: con espontaneidad, sin temor alguno, envueltos en sublime delectación. Sentarnos ante la máquina de escribir y encender un cigarrillo era un gesto automático que parecía invocar a la imaginación, facilitar nuestra tarea, acelerarla. Fumábamos como chacuacos mientras tecleábamos, mientras compartíamos la noche con amigos y enemigos en reuniones sociales bajo techo; o en las cafeterías, o en las antesalas de los médicos, o en la calle para rumiar nuestras penas o celebrar nuestras alegrías. Los escritores cultivábamos la costumbre porque éramos precisamente escritores, no faltaba más. Ése era el adjetivo de nuestro oficio; estigma del presunto genio artístico.

Recuerdo a Carlos Fuentes encendiendo un cigarrillo con la colilla del que terminaba de consumir.

A Ramón Xirau, a la manera de Sartre, con los dedos pulgar, índice y mayor manchados por la amarilla nicotina. A Jesús Reyes Heroles derramando accidentalmente la ceniza de su Pall Mall sobre la crema de espárragos y cuchareándola luego para sorberla como si así disfrutara mejor su sopa. Recuerdo a Rodolfo Usigli con la boquilla de carey ensartada en los labios para alejarse de la tosedera o para presumir esa elegante pose como la de María Félix, que coleccionaba tales chunches hasta que prefirió el habano taurino —como Juan Silveti, como Fidel Castro, como Churchill, como Mark Twain— porque la convertía en mujer devoradora del flaco Agustín Lara prendido a su agónico pitillo frente al piano. Recuerdo a Juan Rulfo en El Ágora sacudiendo con la uña del índice la cardeña y masticando el óvalo de su Delicados hasta triturarlo con los dientes. Recuerdo al Gabo García Márquez expeliendo rosquillas de humo todavía vicioso en los años sesenta. Recuerdo al presidente De la Madrid fumando a escondidas, con temblorosa ansiedad, después de las ceremonias públicas inaguantables para un adicto, y a José María Fernández Unsaín acompañando su copita de anís invadida por granos de café con unos Dunhill ingleses dizque inofensivos que le traían de Nueva York, decía, pero que a nadie convidaba.

Y ya que se habla del habano taurino de María Félix, habría que recordar al vicioso de Sigmund Freud que según su biógrafo Peter Gay se atrevía a fumar veintidós puros diarios que le provocaron un cáncer brutal: perdió media mandíbula, y aun así continuó fumando.

No se puede olvidar a los fumadores de pipa. Desde los imaginarios Mamá Cachimba, Popeye, Sherlock Holmes y el inspector Maigret de Simenon, hasta nuestros próximos Joaquín Díez-Canedo, diestro en la hazaña de mantener encendida la cazoleta, o el gordo Ludwik Margules que nunca aprendió a hacerlo bien para desesperación de quienes lo observábamos.

Todos fumábamos, pues. En mi familia solamente yo, en la clandestinidad, hasta que mi padre me sorprendió una tarde en el comedor familiar con una risita socarrona: ya puedes, no te hagas, a mí no me importa.

En mis años ingenieriles empecé con los Casinos para deportistas —así los publicitaban, para deportistas; qué escándalo, clamarían ahora los policías antidoping—, mientras los peones fumaban Faros o Carmencitas, los maestros de obras Alas y los ingenieros en jefe aquellos Pall Mall de Reyes Heroles de cuatro pulgadas, importados. Como becario en Madrid compraba a las viejecitas cigarreras de la calle, pieza por pieza, unos Bisontes que sabían a rata. De regreso a México probé los Belmont, pero Arreola me previno, mentiroso: producen impotencia, cuidado. Y cambié a los Raleigh sin boquilla —así llamábamos al filtro— y después con boquilla y más tarde a los Marlboro rojos o a los Benson & Hedges cuando quería darme el gusto porque empezaba a salir con la novia que sería mi mujer. Desde luego no me alcanzaba el sueldo para los Benson, de manera que regresé a los Marlboro pero blancos, con filtro, ahora anunciados como lights y gold, para convencer a Estela de que según los médicos éstos resultaban inofensivos. En épocas de gripe me consolaba con los mentolados de cualquier marca aunque siempre me han parecido propios —perdón por el dislate— de féminas o mariquitas.

En la cinematografía mundial, desde sus inicios, el cigarrillo ha sido, o había sido hasta estos tiempos en que sólo fuman en pantalla los malos de la película, un recurso actoral de vital importancia: tanto para testimoniar el realismo del "todos fumamos" —o fumábamos— como para facilitar a los actores qué hacer con las manos. El mejor ejemplo repetido como tópico facilón es el de Humphrey Bogart, inexpresivo de suyo, hierático, torpe, a quien el cigarrillo proporcionó la palanca de Arquímedes para mover el mundo de la expresión.

Y qué sería de aquella nueva ola francesa de Godard y Resnais y Truffaut sin sus personajes fumadores y sus enseñanzas eróticas cuando nos mostraron en pantalla que nada tan sublime como fumar un Gitanes luego de hacer el amor. Lo sugería Sarita Montiel al terminar los años cincuenta cantando "fumando espero al hombre que yo quiero" porque "fumar es un placer genial, sensual".

Cierto, quiéranlo o no, los cigarrillos son sublimes, tal como reza el título del libro de un exvicioso, Richard Klein, en el que se analiza todo lo bueno y malo que es necesario saber sobre la más inocente de las drogas exportadas por nuestro continente americano como regalo al mundo luego de que Gérard Depardieu disfrazado de Cristóbal Colón —según aquella película, *1492*— se enganchó con el tabaco de los guanahaníes aún no contaminado, por supuesto, con los alquitranes y las porquerías añadidas hoy por las empresas tabacaleras para envenenarnos. Debo acotar, entre paréntesis, que el libro de Klein, *Los cigarrillos son sublimes*, me fue obsequiado por Ignacio Padilla, en quien sus colegas hemos cifrado todas nuestras esperanzas… como fumador puntual, digo, como insólito espécimen de los escritores que hoy siguen fumando.

Richard Klein no intenta formular una apología de los cigarrillos a la manera de Cabrera Infante en *Puro humo*, de Paul Auster en *Smoke*, o del empecinado Julio Ramón Ribeyro en su cuentario *Sólo para fumadores*, para quien el tabaco fue hasta la muerte su mejor amigo, su pataleta contestataria contra el conformismo. "Mi historia se confunde con la historia de mis cigarrillos", escribió. Y hubiera podido utilizar las palabras del prologuista de Klein, Carlos Boyero, para entonar su letanía pasional: "el cigarrillo me ha sido fiel en la alegría y en la tristeza, en la plenitud y en la soledad, en el relajamiento y en la angustia, en la salud y en la enfermedad, en la distracción y en el aburrimiento, en el amor y en el desamor, en la seguridad y en la incertidumbre".

Así ora el protagonista antes de que el lector se encuentre con un álbum fotográfico estimulante salpicando las páginas: Mary McCarthy fumando (murió a los 77), James Dean fumando (murió a los 24 en un accidente), Leonard Bernstein fumando durante un ensayo con la Filarmónica de Nueva

York (murió a los 72), Melina Mercouri fumando (murió a los 64), Audrey Hepburn fumando (murió de cáncer a los 64), Coco Chanel fumando (murió a los 88), Yul Brynner fumando (murió a los 65), Picasso fumando con una larga boquilla de corcho (murió a los 92). No hay foto, pero debería haber, del comunista español Santiago Carillo que acaba de morir también a los 92 sin dejar de fumar hasta su último suspiro apestando a los Fortuna.

Cierto pues lo que cantaba Sarita Montiel, fumar es un placer sensual, pero cierto también el urgente regaño de Jaime Labastida: "fumar mata y es horrible, horrible, la muerte del fumador".

Por razón de ese miedo a la pena de muerte sin indulto, el común de los consumidores de más de una cajetilla diaria decide, en algún momento de su vida, divorciarse de los amados pitillos.

No es fácil. Abundan los testimonios de tan asaz empeño, frecuentemente fallido. El más interesante a mi juicio, por conmovedor, por literario, es el que emprende Zeno Cosini, protagonista de la novela de Italo Svevo (seudónimo de Ettore Schmitz, contemporáneo de Joyce) publicado en 1923: *La conciencia de Zeno*. Tanto el autor como el personaje del libro viven obsesionados por dos tareas: tocar el violín y dejar de fumar. No consiguen ni lo uno ni lo otro. "Mis días acabaron llenos de cigarrillos y propósitos de no fumar", monologa Zeno mientras Svevo escribe en su diario: "En este momento acabo de fumar mi último cigarrillo". Y esa misma tarde: "Cinco minutos para las cuatro de la tarde, todavía fumando, todavía y siempre por última vez". Y a los

14

ocho días: "El cigarrillo que estoy fumando es el último cigarrillo". Etcétera.

Parafraseando a un personaje de Graham Greene, Ignacio Solares escribió un cuento ubicado en un tiempo futuro en el que han desaparecido los fumadores merced a las prohibiciones y persecuciones radicales de la Organización Mundial de la Salud. Un vejete centroamericano, el último fumador, es tomado preso y condenado a morir frente a un pelotón de fusilamiento por su rebeldía humosa. Pide como última gracia terminar de fumar su habano. Después de dos caladas lo arroja al suelo antes de caer acribillado. Cuando el militar que comanda el pelotón se acerca al viejo para propinarle el tiro de gracia ve en el suelo el resto del puro. Lo levanta con curiosidad, observa la redondez de su forma, el capullo de su ceniza y se lo guarda en el bolsillo… Ha nacido un nuevo fumador.

Seguramente ni el vejete centroamericano ni Svevo ni Zeno conocieron las modernas estrategias desarrolladas por los expertos y por quienes viven del pingüe negocio de combatir la adicción. Una de ellas es el método matemático que consiste en ir disminuyendo día a día las piezas consumidas y anotando en una tarjetita la contabilidad conseguida. Así, quien fume una cajetilla diaria y se prive de un pitillo en cada jornada, a los veinte días habrá dejado el vicio con extrema facilidad, aseguran los terapeutas matemáticos. Otros recomiendan los chicles de nicotina o los parches en la espalda de marcas como Nicotín, dosificados con pizcas de veneno en descendentes gradaciones: Nicotín primera etapa, Nicotín segunda etapa… Funcionan de momento pero el vicioso recae irremediablemente con el tiempo. También existen los llamados cigarrillos de lechuga para hacerse guaje o esos adminículos de plástico que arrojan humo inofensivo —también para hacerse guaje— y que se cargan en la corriente eléctrica como los celulares o con sofisticadas baterías.

Métodos más recientes, definitivamente violatorios de la libertad personal, son el de infundir terror y la severa prohibición gubernamental. Para el primero se obliga a las tabacaleras a invadir las carátulas de sus cajetillas, antes diseñadas con ingenio y hasta con arte —las bellas portadillas de los Dunhill, de los Pall Mall, de los Camel— con terroríficas fotos de un bebé asfixiándose, de un seno cercenado, de un cuello herido por un tumor putrefacto, de un pulmón hecho asco. Y en la contraportadilla, admoniciones científicas: *Los tóxicos del humo del tabaco causan irritación en los bronquios y aumentan drásticamente el riesgo de ataques de asma. Contiene óxidos de nitrógeno. Gases que provocan inflamación y obstrucción de los bronquios. Atrévete a deja de fumar.* Etcétera.

El método de la actual prohibición dictatorial impide fumar en el interior de oficinas, restoranes, bares, sucursales bancarias, centros comerciales, automóviles… hasta en la casa de los amigos contagiados por el temor unánime. Todo bajo amenazas de multas y cierre de establecimientos y en un futuro hasta de pena de muerte como le ocurre al personaje de Ignacio Solares. Hay que salir entonces a fumar a las terrazas o a los jardines o a las banquetas… siempre que éstas no se encuentren en la proximidad de un sanatorio, advierte la ley. Se fuma pues en la clandestinidad del estudio en que escribo estas páginas. A veces en el rincón de una casa ajena donde ya no existen ceniceros y uno tiene que arrojarse la ceniza en la palma de la mano y tragársela luego como si fuera cacahuates. Se fuma, en fin, con un atroz sentimiento de culpa digno de ser ventilado en el diván de un psicoanalista.

Hace más de quince años visité a un cardiólogo de Médica Sur preocupado por la contaminación de mis pulmones y empeñado por supuesto en salvarme de la adicción. Lo primero: me envió a que me practicaran un electrocardiograma. Por la tarde regresé a su consultorio con mi sobre de resultados. Extrañamente, nadie se encontraba en la antesala, ni la recepcionista. En la puerta malcerrada de su cueva brillaba una rajita de luz. Me atreví y entré despacio, con cautela. El cardiólogo se hallaba de espaldas. Giró al sentir mi presencia: ¡el desgraciado estaba fumando feliz de la vida! Con una sonrisa, sin deshacerse del cigarrillo, espetó lo obvio:

—Haga lo que yo le digo, no lo que yo hago.

Me dirigí entonces al Instituto Nacional de Enfermedades Respiratorias, al que antes llamaban simplemente Huipulco, como tronido de muerte. Ahí me encontré con su director, el doctor Rodríguez Filigrana, de quien pronto me hice amigo porque le gustaba más conversar de literatura que de enfermedades. Le mostré las radiografías de mi pulmón manchadísimo recogidas minutos antes luego de acusar a una empleada de rayos equis de haber cometido una equivocación: esas placas horribles le pertenecían a una viejecita encarrujada y tosedora que se hallaba delante de mí en la fila. Pero no, son suyas, y por favor ya no me haga perder el tiempo, me dijo la empleada de rayos equis.

Rodríguez Filigrana las examinó a contraluz mientras me preguntaba si yo creía de veras que Enrique Flores Alavés había asesinado a sus abuelos. Yo le pregunté a mi vez por mis pulmones. Entonces llamó a un subalterno y me sometió a pruebas de esfuerzo en una caminadora mecánica, a soplarle sin descanso a una pelotita como de pinpón, a inflar globos, a rezar. Me citó para la semana siguiente con la recomendación de que me inscribiera en una terapia grupal del INER con fumadores empedernidos semejante a las reuniones de alcohólicos anónimos.

—¿Entonces no está seguro de que ese muchacho haya asesinado a sus abuelos? —me despidió Rodríguez Filigrana.

Preferí regresar a Médica Sur, donde acababan de instalar una clínica contra el tabaquismo. Por seis mil pesos de aquéllos y durante seis semanas —una sesión cada martes—, el fumador terminaba redimiéndose. Ésa era la garantía.

Cada cita duraba una hora. En los primeros treinta minutos la directora de la clínica realizaba mediciones —que del oxígeno en la sangre, que de la capacidad pulmonar— y en los otros treinta el paciente conversaba con una joven psicóloga de gesto hórrido. Su terapia se reducía a atemorizar al miserable fumador —exfumador ya, desde la primera sesión— mostrándole noticias médicas alarmantes y espantosas estadísticas sobre los males que causa el tabaco a la humanidad. De cuando en cuando hacía recomendaciones apoyándose en una gráfica que ella misma trazaba en el papel como estrategia para vencer la ansiedad producida por la abstinencia. Con una pluma bic dibujaba rayitas. Las rayitas verticales, semejantes a los ejercicios de la caligrafía Palmer, aparecían en un principio muy juntas entre sí, oprimidas: ésa es la ansiedad que ruge cuando el organismo reclama un cigarro, decía la terapeuta.

Poco a poco, a medida que transcurren los minutos y uno resiste y resiste, las rayitas se van abriendo como un acordeón, gracias al aguante. Poco a poco. Cada vez más abiertas. Cuando las rayitas se convierten en una línea horizontal como alambre estirado, la ansiedad ha remitido al fin. Y si el vicioso lo entiende y ejercita así su voluntad logrará convencerse de que la ansiedad por falta de tabaco dura sólo un momento. Veinte minutos, quince minutos, diez minutos. Ya. La ansiedad fue vencida.

Recordé entonces que tal estrategia era semejante a la que nos recomendaban los hermanos lasallistas del Cristóbal Colón para vencer nuestras tentaciones sexuales de la adolescencia. Parecerá una frivolidad, pero el método de las rayitas me sirvió más que los parches de Nicotín en la espalda.

—Un consejo más —me dijo la terapeuta en la última sesión—. Debe cuidarse mucho, pero mucho, del número siete… Siete días, siete semanas, siete meses, siete años. No sé por qué —confesó—, pero en algunos de esos siete, estadísticamente hablando, se puede presentar un rebote peligroso del vicio.

Tenía razón.

Me mantuve siete años, siete, siete heroicos años sin fumar… siete años de respirar a todo pulmón, de disfrutar el sabor de los alimentos —cuando la carne sabe a carne y las naranjas a naranjas—, de escribir sin la cajetilla de Marlboro lights junto a la máquina. Pero ocurrió que una noche, en una reunión de amigos cineastas, el más insospechado de los compañeros de oficio se ensañó conmigo sin razón alguna y me puso en ridículo ante todos con una payasada. Tal fue mi irritación, tal mi rabia contenida, que en lugar de responder con una mentada de madre al importuno agraviante, pedí un cigarrillo a Pedro Armendáriz; le solicité lumbre y volví a fumar.

Volví a fumar, quizás, ahora —no lo digo con orgullo— hasta los últimos lustros de mi fumadora vida.

Al acoso de Marcos

México, DF. 12 de agosto de 2013

Alejandro Anreus Ph. D.
203 Magle Avenue. Roselle Park NJ 07204. USA

Querido Alejandro:
Te envío por fin la crónica que me pediste hace al-
gunos años sobre el subcomandante Marcos. Perdona
la tardanza, pero sucedieron algunos incidentes per-
turbadores que ahora te cuento.
Escribí esa crónica a sugerencia de un querido
amigo, Hugo González Valdepeña, y la incluí como
único material inédito en una antología de mis tra-
bajos periodísticos de muchos años titulado Periodismo de emergencia *que me publicó Random House de*
México en el 2007. Cuando pensaba enviarte ese li-
bro (más tarde de lo que debí, lo confieso con vergüen-
za) me llegó una carta apremiante de la editorial. Mi
libro se había vendido poquísimo, me increparon (yo
lo atribuí por vanidoso a una pésima distribución), y
tenían la bodega repleta de ejemplares. Por esa razón
habían decidido destruirlos de manera implacable ha-
ciéndolo tiritas. Lamenté que dos amigos importantes
de esa editorial, Cristóbal Pera y Andrés Ramírez, no
hicieran absolutamente nada para salvar del desastre

a Periodismo de emergencia. *Entonces, ardidísimo, publiqué en la* Revista de la Universidad *un articulillo sarcástico sobre el incidente y me sentí con eso un poco aliviado. La venganza, en este caso, funcionó como un sedante. Me desahogué y ya.*

Ocurrió luego que Laura Emilia Pacheco, hija de mis queridísimos Cristina y José Emilio, y editora en jefe de las publicaciones de CONACULTA, *leyó ese articulillo sarcástico, lamentó mi desgracia y me telefoneó para ofrecer, con la generosidad que la caracteriza, publicarlo en la editorial que ella dirigía entonces.*

El libro rescatado acaba de aparecer y me siento feliz. Sólo que cometí un error lamentable del que soy el único responsable.

Sucede que en el proceso de edición de este nuevo Periodismo de emergencia, *Laura Emilia me hizo notar que el libro era sumamente voluminoso: rebasaba la extensión normal de los libros de la colección* Periodismo cultural *en la que iba a publicarse. Me preguntó entonces si estaría yo dispuesto a reducirlo un poco.*

No faltaba más. Como eran textos sueltos, independientes, no tuve reparo alguno. Y ahí fue cuando cometí el error. Despistado, torpe como suelo ser, con la mente en otros asuntos, extraje sin la suficiente reflexión dos secciones de la antología titulada "El PRI *de ayer" y "El* PRI *de antier" que sumaban las cien páginas necesarias para que el libro se ajustara al tamaño normal de la colección.*

Hasta que tuve en las manos el libro publicado me di cuenta de que en "El PRI *de ayer" se hallaba mi crónica sobre el subcomandante Marcos, el único texto*

inédito —te repito— de la antología. Me jalé enton-
ces de los cabellos y es por eso, Alejandro, que en lu-
gar de enviarte esa nueva edición de Periodismo de
emergencia *te envío, junto con esta carta por* DHL, *la*
crónica de mis encuentros y desencuentros con Marcos
ligeramente corregida y con un nuevo título. Ya la pu-
blicaré después, quizá, en otro libro. Confío en que no
defraude tus expectativas.

Recibe de mi familia y de mí un caluroso abrazo.
Espero que sigas pintando tus excelentes cuadros y nos
encontremos pronto aquí o en Nueva York.

Lo vi como siempre, como en los tiempos de
Excélsior cuando interrumpía conversaciones para
responder llamadas telefónicas y regresar a la charla
y moverse en su despacho y salir al balconcillo de
Reforma 18 y recibir a no sé cuál reportero a quien
encomendaba una investigación o una entrevista y
retomar de inmediato otra vez la plática justo en la
frase que había dejado pendiente. Ansioso en man-
gas de camisa, acelerado, exudando adrenalina, incontenible en su apasionado gozo por la exclusiva,
venteaba las grandes noticias con la excitación de
un vampiro ante la sangre, con el placer profesional
que descubre o desata el carrete de hilo de una pri-
micia espectacular.

No pocas veces lo encontré así, en su despacho
de *Excélsior* o en el de *Proceso*, pero ahora su imagen enfebrecida me remitió a aquel director nato
del periódico de la vida nacional, nacido para desentrañar realidades ocultas, y con quien yo habría

de pactar una entrega mutua y absoluta a nuestra aventura profesional. Me fascinaba —me asustaba a veces— ver así a Julio Scherer García.

—¿Ya tienes la foto de portada? —me preguntó.

Era la tarde-noche del jueves 6 de enero de 1994.

—Tenemos varias propuestas —dije—. A ver cuál te parece mejor.

Me prensó del antebrazo, y obligándome a caminar por delante fuimos hasta donde ya Marco Antonio Sánchez había ampliado y enchinchetado cinco fotos que ilustraban el levantamiento en Chiapas del Ejército Zapatista de Liberación Nacional. Todas eran excelentes, algunas sumamente dramáticas: la entrada de los zapatistas a San Cristóbal de las Casas tomada por Antonio Turok; ocho cadáveres de combatientes en pleno campo durante los primeros enfrentamientos con el ejército, de Marco Antonio Cruz; los soldados brincando de un helicóptero y a punto de entrar en combate; un zapatista tendido sobre un charco de sangre junto al rifle de madera con el que "disparaba"; más muertos en Rancho Nuevo, en Ocosingo, en Altamirano y en Las Margaritas, donde en ese momento el 75 Batallón de Infantería repelía a los insurgentes.

—¿Dónde está una de Marcos? —preguntó Julio.

Iniciábamos esa tarde el cierre de la revista y poco se sabía entonces de la conformación militar del EZLN. Los diarios habían informado de un hombre, oculto su rostro por un pasamontañas, que el día en que su ejército entró en San Cristóbal conversó brevemente con habitantes y turistas de la población, luego de que los alzados tomaron la presidencia municipal y destruyeron y quemaron archivos, mobiliario, cuadros, casi al mismo tiempo en que hacían pública su declaración de guerra contra el gobierno de Carlos Salinas.

Las escasas fotos que se tomaron de Marcos la mañana del primero de enero eran imprecisas y lejanas. Lo rodeaba la gente, y entre pobladores y curiosos sobresalía apenas el cucurucho de su pasamontañas. Un turista, sin embargo, lo grabó con su cámara de video durante el breve lapso de la charla. El turista se llamaba Juan Villatoro y pensó que sus imágenes podrían resultar periodísticas.

La mañana de ese jueves 6, Villatoro se apersonó en *Proceso* con todo y video. Era un lector asiduo de nuestro semanario, dijo.

Por desgracia no era bueno el material —padecía desenfoques y barridos—, pero en algunas tomas se lograba distinguir a Marcos, de frente.

Toda la mañana y parte de la tarde, Carlos Marín, Juan Miranda y yo nos la pasamos proyectando y deteniendo la cinta en busca de un instante en que se viera a Marcos con precisión. Escogimos el mejor momento, el menos peor. Juan Miranda lo convirtió en una foto en close up que le presentamos a Julio junto con aquéllas en las que se ilustraban los combates y los muertos.

Para portada, Marín y yo nos inclinábamos por las escenas dramáticas.

—Aquí se ve lo que está pasando —dijo Marín—: la guerra en pleno, los campesinos acribillados.

—Como fotos tienen más calidad —completé yo.

—Ésta es buenísima —señaló Marco Antonio a la del insurgente caído junto a su rifle de madera.

—La portada es Marcos —dijo Julio.

—Está muy graneada —repliqué.

—La guerra es lo que importa —insistió Marín—. Mire ésta, don Julio —y apuntó una de soldados y cadáveres.

—La portada es Marcos— volvió a decir Julio—. El periodismo se hace con personajes.

Tenía razón. Nuestra portada del número 987 de *Proceso* fueron los ojos y el nacimiento de la nariz de Marcos, como asomándose por el hueco del pasamontañas. La cabeza principal decía: **Terminó el mito de la paz social / El estallido de Chiapas.** Abajo a la derecha, otra cabeza en la que equivocamos el cargo militar. En lugar de subcomandante le pusimos **Comandante Marcos** dos puntos. Y una frase entrecomillada: **"Podrán cuestionar el camino, pero nunca las causas"**.

A partir de ese número cubrimos, durante años, el fenómeno Marcos y EZLN, siempre valiéndonos de nuestro corresponsal en Chiapas, Julio César López, y enviados especiales que se alternaban: Guillermo Correa, Ignacio Ramírez, Salvador Corro…

Presionado por "la sociedad civil" —término althusseriano y chocante que entonces se puso de moda— el presidente Salinas ordenó el alto al fuego el doce de enero y se iniciaron los preparativos para un diálogo entre gobierno y levantados. Marcos se había convertido ya en poco menos que un ser mítico, para bien y para mal. Su pasamontañas, originalmente utilizado para defenderse del frío, obligaba a pensar, a un tiempo, en los encapuchados terroristas de Sendero Luminoso o en los encapuchados caricaturescos de la lucha libre. Entre el mito y el folclor. Entre el drama y la farsa.

Ante un líder de indígenas así, los medios de comunicación se desvivían por conseguir de él entrevistas exclusivas. El primero en alcanzar tal hazaña fue Epigmenio Ibarra. Con una cámara profesional de video y en compañía de Blanche Pietrich y Elio Enríquez grabó un reportaje que se exhibió por el mundo. El texto de la entrevista se publicó en *La Jornada*.

Aunque el trabajo documental de Epigmenio era excelente, no agotaba al personaje. Faltaban muchas preguntas por plantear sobre los orígenes del EZLN, sobre los antecedentes de Marcos, sobre su personalidad inquietante.

Al mediodía del lunes 7 de febrero, Julio me prensó el codo y me jaló a su oficina.

—Ya está lista una exclusiva con Marcos.

—¿De veras?

—Listísima.

—¿A quién vas a mandar?

—¿No te parece chingoncísimo?, ¿no te encanta, Vicente?, ¿no te vuelve loco? Dime que te vuelve loco, dime que te parece una chingonería.

—Sí, claro, me vuelve loco, pero quién la va a hacer.

—Tú.

—¿Yo?

—Sí, tú. ¿Estás puestísimo?

Julio me explicó que esa misma noche, o la noche siguiente, me telefonearía a mi casa un tipo que se iba a identificar como el Albañil. Me daría instrucciones en clave.

Se antojaban exageradas las precauciones de los intermediarios de Marcos, pero eran comprensibles, me decían Froylán López Narváez, Rafael Rodríguez Castañeda, Carlos Marín.

—¿No ves que la PGR y el ejército están haciendo lo imposible para localizar a Marcos? Si lo agarran, se acabó el problema, según ellos.

Más que el miedo a los peligros que acechaban en Chiapas, me atemorizaba el reto periodístico. Desde los inicios de *Proceso* yo apenas había realizado tareas reporteriles. En realidad nunca fui reportero de tiempo completo: no era hábil para las entrevistas ni ducho en las faenas a botepronto que exige la profesión.

—A lo mejor no consigo sacarle la sopa a Marcos —dije.

—Eso es lo que hace falta —me replicó Julio—. Exprimirlo, arrinconarlo, preguntarle todo, Vicente, todo todo todo. Los periódicos ya hablaron mucho de las causas y los combates. El personaje sigue intacto.

Complacer periodísticamente a Julio siempre ha sido difícil para cualquier reportero. Cuando él dice "exprimir a un personaje" significa exprimir a un personaje. Y con Marcos se trataba, obviamente, de que *Proceso* no le sirviera de alfombra para sus rollos políticos. Eso es el periodismo.

Esa misma noche sonó el teléfono en la casa. Contestó mi hija Mariana.

—Te habla un albañil, papá. No me quiso decir su nombre.

La voz sonaba hueca. Parecía la de un hombre que había leído a Eric Ambler o a John Le Carré.

—Tiene que estar en la obra el día 9. Ahí lo buscamos, ingeniero. No le diga a nadie de nuestro contrato.

En compañía del fotógrafo Juan Miranda y de Rubén Cardoso, subgerente de la revista, volamos a Tuxtla Gutiérrez. Un amigo de Cardoso, el profesor Palacios —que vivía en Chiapas y algo tenía que ver con la distribución de *Proceso* en la zona— nos condujo en su Nissan a San Cristóbal de Las Casas por una carretera interrumpida a cada rato por retenes.

Nos hospedamos en el hotel Mazariegos, donde se encontraban instalados —con todo y sala de prensa— la mayoría de los trescientos reporteros que repletaban la población. Los corresponsales nacionales y extranjeros se habían hecho presentes desde el estallido de año nuevo del EZLN, pero se multiplicaron ahora cuando se anunció que Manuel Camacho Solís, nombrado como mediador del conflicto por el presidente Salinas, trataría de entablar un diálogo público con la dirigencia zapatista. Todos querían estar ahí: con cámaras de foto y de video, con grabadoras. Todos aspiraban a esa exclusiva de Marcos. Varias veces me topé con las huestes del pérfido Zabludovsy, con Javier Solórzano, con Pepe Cárdenas, con Federico Campbell.

—Quihubo, Federico.

—¿Qué andas haciendo por aquí? —me preguntó Campbell al cruzar una esquina de la calle de Adelina Flores.

—Nada, de paseo —ironicé contra su pulla.

—Vienes a hacer una crónica de color, ¿verdad? Me imagino.

Me lastimó que Campbell me sintiera incapaz de un trabajo de mayor envergadura.

—Sí, una crónica de color —respondí—. Igual que tú, ¿sí?

No era la primera vez que me hallaba en la hermosa San Cristóbal. La visité años antes, un par de veces: para asistir a un encuentro literario organizado por el poeta Raúl Garduño y para acompañar a Estela en su investigación del mundo de Rosario Castellanos, de quien escribía su tesis de doctorado en psicología.

Tan pronto nos instalamos en el hotel Mazariegos —la llave de mi regadera se trasroscaba a cada rato—, el amigo de Rubén Cardoso nos llevó a conocer a Andrés Aubry. Era un exdominico sesentón, de origen belga y casado con una exreligiosa. Llevaba muchos años viviendo en San Cristóbal como antropólogo.

—Es muy importante que hablen con Aubry —nos dijo Palacios—. Nadie conoce tanto las comunidades indígenas.

Inteligente, cordialísimo, extraordinaria persona, Aubry dirigía el Instituto de Asesoría Antropológica para la Región Maya. Hablaba tzotzil y otras lenguas indígenas, y era autor de un libro publicado en París: *Les Tzotzil par eux-memes*. Como antropólogo y como estudioso del arte colonial, sabía de San Cristóbal más que los cronistas oficiales. Viajaba de continuo a las comunidades indígenas en un jeep inverosímil de los años sesenta. Él nos narró la historia de Diego de Mazariegos, el personaje histórico que daba nombre a nuestro hotel, que combatió ferozmente a los indios chiapa impulsándolos a arrojarse al cañón del Sumidero en un suicidio heroico, y que terminó fundado en 1528, con el nombre de Villa Real de Chiapa, la hoy ciudad de San Cristóbal de Las Casas. Aubry nos mostró y nos hizo valorar las riquezas artísticas del templo de Santo Domingo y de la Catedral, cuya fachada había sido repintada recientemente —por sugerencia suya— con los colores originales, de gusto indígena, de los tiempos de la Colonia.

Desde el primer día confié a Aubry los motivos de mi viaje. Le hablé del misterioso Albañil; le expresé mis miedos a que la mentada entrevista no se realizara nunca.

—A lo mejor el Albañil no sabe siquiera dónde estoy hospedado.

—Si te dijeron que te buscarían, te buscarán —me respondió Aubry.

Para serenar mi nerviosismo, para darme ánimos, él mismo me llevó a la casa episcopal de Samuel Ruiz, a quien se relacionó desde el principio con los campesinos alzados. Era conocida en todo México la tarea pastoral realizada en su diócesis desde que este hombre carirredondo y casi calvo llegó a Chiapas en 1960. En persona recorrió caminos, visitó pueblos y rancherías, conoció carencias extremas y atendió necesidades urgentes del campesinado indígena. Se hizo célebre aquella anécdota que consignaron *Le Monde* y *El País* cuando se acusó al obispo de ser ideólogo de la teología de la liberación. Él respondió: "Me importa la liberación, la teología me vale un bledo". Bajo sus directrices, los dominicos de la misión de Ocosingo y sus grupos de catequistas realizaban de continuo, esforzadamente, tareas de concientización tanto como de asistencia social.

Gracias a la relación de Estela y mía con don Sergio Méndez Arceo conocí incidentalmente a Samuel Ruiz años antes. Lo entrevisté incluso para *Excélsior* durante aquel Congreso de Teología de 1975 donde se difundió precisamente —como se propagan los incendios en el monte— la teología de la liberación satanizada luego por el odio de Juan Pablo Segundo.

Por consideración a su amigo Andrés Aubry, más que por mí, don Samuel aceptó recibirnos. La sala de su casa episcopal era amplia y austera pero de un terrible mal gusto. Aunque escaseaba el mobiliario y tenía cierto aire a casona antigua, los sillones, las cortinas, los enormes y horribles óleos de Pío XI y Juan XXIII impregnaban el ambiente de una cierta pretensión palaciega común a tantas residencias de jerarcas eclesiásticos.

El obispo no se acordaba de mí, por supuesto, y me recibió pésimo. Nuestro tirante intercambio de frases se produjo de pie; duró menos de diez minutos. Cuando Aubry le explicó las razones de mi presencia en Chiapas como enviado de *Proceso*, don Samuel lamentó el acoso de tantos periodistas en San Cristóbal; dijo que nada estaba dispuesto a hacer para ayudarme en nada. Se sabía públicamente que él fungiría como intermediario entre los zapatistas y Marcos con el grupo político encabezado por Manuel Camacho Solís, pero hasta ahí. Mi supuesto encuentro con Marcos no era cosa suya ni de su gente.

—No va a conseguir hablarle, olvídelo —sentenció burlón—. No es el momento para entrevistas de periódico.

Un par de frases de Aubry lo suavizaron. Encogió los hombros. Entrompó la boca.

—Bueno, allá usted.

Tal vez cuando se iniciaran las pláticas, tal vez, yo tendría la oportunidad de aproximarme a Marcos, aunque eran tantos y tantos los interesados en entrevistarlo —son una lata los periodistas, gruñó— que dudaba mucho que Marcos me tomara en cuenta.

Nos despidió con un saludo guango: una sonrisa para Aubry, un gesto de fuchi para mí. Salí trinando.

Aubry trató de disculparlo cuando llegamos a la calle.

—Anda muy tenso por las pláticas. Es un compromiso difícil para él.

—Está bien que no pueda o no quiera ayudarme, pero no son modos —repelé.

—Entiéndelo.

—Sí, ya sé, es obispo, y con los obispos, de lejecitos. Que chingue a su madre.

Me reconcilié un poco con Samuel Ruiz cuando el domingo fui a misa a la catedral. La repletaba una muchedumbre de pobres: mujeres enrebozadas, niños cenizos mamando de pechos desnutridos, indígenas descalzos y mugrosos con rostros paralizados por la fatiga de la vida. La homilía del obispo en torno al evangelio de la multiplicación de los panes —que sólo puede entenderse como el milagro de la justicia social— me recordó a nuestro don Sergio, muerto dos años atrás, denunciando en su catedral la acumulación de riquezas por unos cuantos y el derecho de las mayorías a levantarse contra la violencia institucional.

Desde luego, no faltaban en el recinto los reporteros. No habían ido a participar de la misa obedientes a su fe, sino a fotografiar al obispo conciliador y a grabar las palabras de la homilía con ánimo de encontrar en ellas alusiones políticas al conflicto inmediato.

Intenté orar por Chiapas.

Habían transcurrido ya el martes 8, el miércoles 9, el jueves 10, el viernes 11, el sábado 12, el domingo 13, el lunes 14. Nada que hacer durante la interminable espera. Por las mañanas desayunaba con los enviados permanentes de *Proceso*: Salvador Corro, Guillermo Correa, Julio César López. Me contaban las novedades periodísticas —cómo iba a ser el juicio político al secuestrado Absalón Castellanos, cómo ocurrió la muerte por el ejército de tres indígenas del ejido Morelia—, los chismes de nuestros colegas, los rumores en torno a las pláticas. Luego me lanzaba a pasear las calles de San Cristóbal con Rubén Cardoso y Juan Miranda —el amigo de Cardoso ya había regresado a Tuxtla Gutiérrez—; telefoneaba a Estela para tranquilizarla y a Julio para quejarme de don Samuel y prevenirlo porque tal vez no habría entrevista para el número inminente de *Proceso*.

—¿Qué pasa con el Albañil? —me preguntaba Julio más ansioso que nunca.

—No me llama, Julio, no me llama.

—Búscalo. Tenemos que salir en este número con la entrevista. Ve otra vez con don Samuel. ¿Quieres que lo busque yo?

—No no, Julio. Ahorita voy de nuevo con el obispo —mentía.

Por las tardes, en el patio del hotel Mazariegos, se dejaba ver Camacho Solís con Alejandra Moreno Toscano y su corte de asistentes y guaruras. En las mañanas no se les veía en lugar alguno. Permanecían a puertas cerradas deliberando, planeando estrategias, chacoteando quizás, en un hotel pequeñito y elegantón a dos cuadras del Mazariegos. Hasta que llegaba el momento de plantarse frente a los reporteros para leer tarde a tarde, con la solemnidad de un estadista, el comunicado del día: vaguedades, palabras huecas, promesas del ya merito en relación a las pláticas a celebrarse de un momento a otro.

—Les avisaremos a tiempo, compañeros. Estén pendientes.

Con más palabras huecas respondía el mediador a las preguntas reporteriles ansiosas de información y abandonaba rapidito el hotel de los periodistas para regresar al suyo: a soñar que volvía a ser el político del siglo en el momento mismo de sellar la paz eterna con el E Zeta.

Camacho siempre llamaba E Zeta al EZLN. Era más fácil; no corría el peligro de que se le trabara la lengua y se le descompusiera su imagen de importante. No podía cometer un error ni en eso. Era su oportunidad. Su última oportunidad para llegar a la gloria, es decir, a la presidencia de la república en relevo de ese Luis Donaldo Colosio cada día más frágil.

Como en *El viejo y el mar* de Hemingway, me imaginaba a Camacho jugando a las vencidas con Marcos. Frente a frente los dos en la mesa de una taberna: los codos enraizados en la madera, los antebrazos rígidos y los puños trenzados en un nudo del que surge la fuerza de cada quien en una lucha de músculos tirantes para tratar de doblar, de un solo tirón victorioso, el antebrazo del contrario hasta hacerlo caer sobre la superficie de la mesa.

La gloria política, Manuel. Tu última oportunidad.

Tras la decepción de los comunicados de prensa, caminábamos a veces hasta la casa de Aubry a tomar café y a cenar empanadas.

—Vámonos ya al hotel —me urgía Cardoso—. No sea que te llame el Albañil y suceda esta noche.

Al mediodía del martes 15, Aubry se apareció de repente frente a mi mesa, en el restorán del hotel Mazariegos, y me entregó una tarjeta doblada por la mitad. No tomó asiento. Se fue de inmediato. Tenía prisa.

La tarjeta escrita a lápiz decía:

Puede ser que tengas más suerte de lo previsto, y antes de la fecha contemplada. Repórtate por favor entre las 4 y 5 pm, hoy, en la curia con el Padre Gonzalo.

El padre Gonzalo Ituarte era un dominico chaparrito, calvo y carirredondo como don Samuel Ruiz. Fungía de vicario y había trabajado —según supe después— en la misión de los dominicos en Ocosingo.

—Todo está listo —me dijo el padre Gonzalo, muy sonriente al recibirme en su escritorio.

Pero tenía malas noticias:

—Va a ir otro periodista: Óscar Hinojosa, de *El Financiero*.

Conocía bien a Óscar Hinojosa porque trabajó muchos años en *Proceso*. Era un excelente reportero. Me auxilió, con invaluable eficacia, en las investigaciones para mi libro *Asesinato*. Lo estimaba de veras, aunque ahora representaba un rival.

—Eso no fue lo que se pidió —repelé al padre Gonzalo—. Nos prometieron una entrevista exclusiva.

—Lo siento. Son las instrucciones… Y sin fotógrafo.

—Sin Juan Miranda no. Necesitamos buenas fotos porque a lo mejor va en portada.

—Lo siento —volvió a decir el padre Gonzalo y me pidió que esa noche como a las ocho, en el hotel Santa Clara, en el centro de San Cristóbal, buscara a una persona que me daría más instrucciones: lo encontraría pajareando en la cafetería. Era un hombre alto, con el pelo crespo.

Antes de abandonar la vicaría me volví para preguntar:

—Oiga... ¿usted es el Albañil?

El padre Gonzalo sonrió apenitas.

Llegué a las ocho en punto a la cafetería del hotel Santa Clara. Estaba desierta, pero sí, había allí un hombre de pie, moviéndose de un lado a otro y viendo a todas partes como si examinara la decoración del lugar: pajareando, pues.

Me aproximé. Me vio.

—Yo soy el contacto.

No era muy joven pero tenía cara de seminarista. Al menos de catequista de los que habían formado Samuel Ruiz o Gonzalo Ituarte. Tenía un aire de desgano incompatible con la función que desarrollaba; tristeza, depresión, pensé.

—¿Cómo te llamas?

—Dígame Contacto —respondió.

—Pero cómo te llamas —insistí.

—Contacto —dijo. Y empezó con las instrucciones: —tal vez acepten al fotógrafo de *Proceso*, pero sólo podrá tomar dos fotos. Una será para *El Financiero*.

—Si aceptan al fotógrafo yo no puedo impedir que tome las fotos que resulten necesarias. No sean absurdos, carajo.

—Está bien —dijo Contacto, y continuó sus instrucciones como si tuviera miedo de que alguien lo espiara: —necesita conseguir un vehículo de carrocería alta y llevar una cobija, una lámpara de mano, una gorra y… uy, no, esos zapatos no le sirven: necesita botas.

—Las consigo, perfecto. Qué más.

Con todo y el vehículo de carrocería alta debería presentarme con mi fotógrafo mañana a las ocho pe eme, precisó Contacto, en el restorán de un hotel ubicado frente al templo de la Merced.

—Cómo se llama el hotel.

Contacto se rascó durante segundos su cabello ensortijado. Sonrió nerviosamente al darse cuenta de que había olvidado un dato importante.

—No me acuerdo —dijo—, pero está frente al templo de la Merced.

—Okey.

—El viaje será largo y le ruego absoluta discreción.

En el hotel Mazariegos informé a Rubén Cardoso y a Juan Miranda de mi entrevista con Contacto. Cardoso alquilaría una combi a como diera lugar y Juan Miranda y yo nos encargaríamos de las compras: las cobijas, las lámparas, las botas. Me preocupaba que la entrevista no fuera exclusiva para *Proceso*. Llamé por teléfono a Julio.

—¡Ni madres! —me respondió Julio excitadísimo—. Ese no fue el compromiso. Oblígalos a que manden a *El Financiero* a la chingada.

—No puedo, Julio.

—Oblígalos. Tú deshazte como puedas de Óscar Hinojosa. La entrevista es de *Proceso*.

—Está bien, yo me encargo —volví a mentir.

No se cómo lo consiguió —porque en las agencias que rentaban autos ya no había camionetas, ni camiones de carrocería alta, ni coches de marca alguna—, pero al mediodía del miércoles 16, Cardoso estacionó frente al Mazariegos una combi blanca de la Volkswagen, con placas DLB 5130. Juan Miranda y yo habíamos comprado ya, en el mercado, dos cobijas, dos lámparas sordas y unas botas que me oprimían horriblemente la uña enterrada del pie izquierdo.

Juan Miranda y yo nos presentamos, puntuales, en el hotelucho de paso frente al templo de La Merced. Juan Miranda manejaba la combi y la estacionó en la acera de enfrente.

El primero en llegar fue Óscar Hinojosa. Cargaba una maleta azul de plástico, grande, de tubo.

—¿Y ese chunche? —pregunté asombrado, después de saludarnos con mutuo desdén.

—¿No les dijeron que lleváramos algo de comer? —dijo Óscar Hinojosa—. Yo traje sándwiches.

—Menos mal —dije—, nosotros no trajimos nada.

Casi al mismo tiempo, un poco más tarde, llegó Contacto seguido de un joven con pantalones de mezclilla y chamarra de explorador. Era Tim Golden —lo presentó Contacto—, corresponsal en México de *The New York Times*.

Se me escapó una palabrota. Iba a ser entonces una entrevista colectiva, carajo. Y pensé lo que estaría pensando Julio Scherer: una rueda de prensa no, Vicente, ni madres: deshazte como puedas de los otros.

En lo que Contacto pedía a Juan Miranda las llaves de la combi, en lo que salía del hotel y en lo que nosotros ordenábamos café y pan dulce para merendar —yo quiero un chocolate caliente, interrumpió Óscar Hinojosa— propuse discutir el problema. O hacíamos tres entrevistas por separado, cada quien un rato con Marcos, o lo entrevistábamos los tres al mismo tiempo y nos comprometíamos a publicar nuestro trabajo hasta el domingo, fecha de aparición de *Proceso*.

—Por mí no hay problema —dijo Tim Golden—. Yo publico hasta el domingo, me da lo mismo.

—Yo publico el viernes o el sábado a más tardar —dijo Óscar Hinojosa, ventajoso porque *El Financiero* era un diario.

—Entonces no te paso las fotos que tome Juan Miranda —repliqué—. El fotógrafo es de *Proceso*.

—Está bien, publico hasta el domingo —aceptó Óscar Hinojosa.

Contacto regresó a la cafetería del hotel cuando ya habíamos devorado el pan dulce que nos sirvió una mesera de nalgas prominentes.

—Tenemos un problema —dijo Contacto—. ¿Leyeron la nota de *La Jornada*?

La había leído Óscar Hinojosa. Más que una nota, era la cola de una noticia redactada por Elio Henríquez:

Una fuente cercana al EZLN señaló, por otra parte, que en las próximas horas el subcomandante Marcos concederá dos entrevistas: una a la revista Proceso y otra al matutino El Financiero.

—Nos pueden regresar —dijo Contacto—, se los advierto.

Salimos del hotelucho. Me asombré: en nuestra ausencia, Contacto había repletado, ayudado por no sé quién, la parte trasera de la combi con toda suerte de mercancías: paquetes inmensos de papel sanitario, garrafones de agua potable, cajas con alimentos enlatados y leche en polvo, cubetas, jergas, bolsas de yute…

—Hiciste tu súper, Contacto —le dije. Pero él ni siquiera sonrió. Se subió al volante y se puso a recitar instrucciones. Que nada podíamos decir de los preparativos ni escribir una sola línea de nuestro trayecto, para no dar pistas. Nos ordenó autovendarnos los ojos, "de aquí a que lleguemos", con las respectivas bufandas que todos traíamos.

Sentí que era ridícula la exigencia porque la noche era cerrada y poco sabíamos de la geografía de San Cristóbal y sus alrededores. Yo hacía trampa a cada rato, desde luego, y miraba por debajo o por arriba de mi bufanda. Nada había que ver. Después de los caseríos dejados atrás todo era oscuro como el alma del infierno, sentí. Iba al lado de una ventanilla, junto a Juan Miranda y Tim Golden. Óscar Hinojosa viajaba atrás, entrampado en el súper de Contacto, quien me vigilaba por el retrovisor.

—No se baje la bufanda, señor Leñero, por favor.

No escribir —era la orden—, pero escribí luego para *Proceso*:

De cualquier manera, cómo diablos describir el
frío al descampado cuando ocurre el primer cambio
de vehículos —donde perdimos la Combi blanca y
a Contacto—: *es un vidrio que se mete entre la plan-*
tilla de las botas y el doble calcetín, que se convierte
en viento para azotar orejas y temblequear piernas y
brazos o colarse por las ingles al descargar la urgen-
te orinada que venía reventando la vejiga desde mu-
chos kilómetros atrás. Ya es de noche cuando los ojos se
abren a lo negro, interrumpido apenas, de momento,
por las voces convertidas en chasquidos, palabras suel-
tas en idiomas indígenas, murmullos, claves. Luego
aparecen sombras entre matas, luces de linternas in-
ventando veredas imposibles, ruidos de no sé dónde.
—*Pasen por aquí.*
Cómo describir el cuartucho con olor a pobreza de
una vieja encobijada durmiendo en el suelo. Una bo-
tella llena de petróleo, con un tapón de cera y un pabi-
lo ardiendo, es el candil de la única luz. Da como pena
encender las propias linternas que se pidieron.

Nos hallábamos en el segundo o tercer cambio de vehículos. Cuando viajábamos en la combi,
Juan Miranda me hizo notar —muy bajito, casi a
señas— que de vez en vez la camioneta se detenía y
no reanudaba la marcha hasta que no se escuchaba,
lejanísimo, el chisporrotear de un cohete ascendien-
do. Se volvía a detener la combi, se volvía a escuchar
un cohete y avanzábamos.

Un hombre gordo, con sombrero de yute, nos
enfrentaba ahora en el cuartucho de la vieja dormi-
da: tenía facha de trailero más que de rebelde alzado en armas. Nos pidió nuestras credenciales de

periodistas. Como yo nunca usaba credencial de *Proceso* le alargué la licencia de manejo. Luego nos exigió los relojes de pulsera.

—Para que no midamos distancias —me susurró Tim Golden, a quien imaginé de pronto, por su desenvoltura, su desenfado, como un experto corresponsal de guerra interpretado por Richard Gere en una película de Oliver Stone.

Parecíamos un cuarteto de secuestrados cuando nos condujeron hasta un camión de enorme cajón de carga repleto de instrumentos de labranza, costales, jaulas, chunches. Mis compañeros treparon ágilmente de un brinco. Yo no podía, no pude. Además de la cobija, la lámpara y el morral con mis útiles, los sesentaiún años que llevaba encima me impedían alcanzar con una bota el estribo. Juan Miranda tuvo que bajar de un salto y empujarme de las nalgas para hacerme entrar en el cajón. Una vieja llanta de refacción me sirvió de asiento para botar y rebotar al ritmo con que rugía el monstruo aquel venciendo los hoyancos y las piedras de una brecha enlodada por la lluvia.

Horas duraba el viaje; no había para cuándo llegar a la meta.

A donde llegamos con un ¡bájense! grosero —siempre como secuestrados— fue a un enorme galerón. Podría ser el auditorio de una escuela, pero sin pupitres, o un templo sin bancas aunque sí con un paralelepípedo de madera semejante a un altar. Cerca de él alcancé a divisar dos estampitas clavadas a la pared: una de San Jorge y el dragón, otra de la virgen de Fátima.

Aparecieron allí los primeros pasamontañas: dos mujeres armadas con fusiles —¿o serían chiquillos?— haciendo guardia, inmóviles como estatuas de santos, y un indígena de temperamento duro, digo, por como se puso a hablar en tono regañón sobre la nota aquella aparecida en *La Jornada*.

—¿Quién de ustedes provocó esa filtración?

Juan Miranda se hizo el soñoliento mientras Tim Golden tomaba la palabra.

—Es una pendejada —dijo, muy asimilado a nuestro argot, como si quisiera disimular su calidad de gringo—. Eso no se debe hacer entre periodistas.

Fue Óscar Hinojosa quien se puso a razonar sobre las especulaciones que suelen hacer los colegas reporteros, los rumores, la imaginación…

Desde el gajo de su pasamontañas el indígena duro me miró:

—Seguramente son celos reporteriles. La nota está firmada por Elio Enríquez. Él estuvo en el primer grupo que entrevistó a Marcos.

—Vamos a examinar eso con cuidado para ver si pueden seguir. Es muy grave —dijo el duro, y salió del auditorio como si también estuviera actuando para Oliver Stone.

Ahí nos dejaron por media hora cuando menos, sentados en una viga de madera durísima para nuestras nalgas zangoloteadas y doloridas. Pinche Marcos, pensé, primero nos trae y ahora nos regresa.

Regresó el pasamontañas duro, con todo y su tono regañón:

—Ya examinaron el asunto. Ya confirmaron que nadie ha venido siguiendo el camión, pero necesitan asegurarse de que ninguno de ustedes va a escribir nada capaz de poner en peligro la seguridad del territorio zapatista. ¿Con qué lo garantizan?

—Con mi palabra —dije.

—Con el mismo principio profesional con que se garantiza el secreto de origen a las fuentes confidenciales —dijo Tim Golden.

Y Óscar Hinojosa se metió de nuevo a razonar, muy bien, sobre la mutua conveniencia y seguridad de quienes reportean y son reporteados.

Seguramente el pasamontañas duro no entendió el discurso de Óscar, pero asintió con la cabeza. Salió, volvió con nosotros un rato después y nos envió directo al horrible camión. Ése fue el tramo más corto. Sólo un cuarto de hora de traqueteo —ya no tenía mi reloj para precisarlo— hasta detenerse el camión en una loma.

De la oscuridad brotó un chamaco con una linterna encendida.

—Síganme —dijo, y echó a correr hacia la loma.

Tuve el mal tino de situarme delante de los cuatro para trepar en seguimiento del chamaco, iluminando con mi linterna la vereda enlodada, las piedras tropezonas, las matas que hacían resbalarnos con todo y botas. Era como subir al Ajusco en mis años de adolescente, pero ahora con la prisa de llegar hasta la cima, de no perder al chamaco guía; la luz de su linterna volando como luciérnaga, el corazón dándome saltos.

Un dolor en el pecho, como una daga, me contorsionó cuando ya habíamos alcanzado la pinche meta. Pensé de pronto en el Perro Estrada infartándose, qué horror. Un infarto aquí, qué papelón el mío. No puede ser, carajo, nada más eso me faltaba.

Tim Golden se dio cuenta de mi gesto, de mi sofoco, de mi ansia por jalar aire. Me palmeó la espalda.

—Calmado —dijo—. Ya, calmado. Vas a estar bien.

Metió su mano en la mochila y sacó una tableta de chocolate Hersheys. Mientras lo devoraba como si fuera una medicina, observé al chamaco guía hablando con un pasamontañas chaparrito. El chaparrito señaló hacia lo que parecía una cabaña donde habían tendido nuestras cobijas requisadas en la última estación del calvario.

—Descansen un rato —dijo.

Óscar terminaba de abrir su pesada maleta de tubo y de ella extrajo un par de sándwiches envueltos en servilletas de papel. Se comió los dos con la rapidez de un hambriento.

—Él sí vino preparado, ¿ya viste? —le murmuré, ya repuesto, a Juan Miranda.

—Cabrón, ni siquiera ofrece.

Óscar fue el primero en entrar en la cabaña.

—Parece la de Tlaxcalantongo —dijo—, donde mataron a Carranza.

Nadie le rió su chiste.

Nos tendimos los cuatro sobre las cobijas. El piso parecía de piedra pero el cansancio lo soportaba todo.

No sé cuánto tiempo dormí. Sólo fue un coyotito, quizá. Me despertó la voz tronante de una chacota al abrirse la puerta y al dejarse ver a contraluz una imagen en sombra, imponente desde la perspectiva a ras de piso:

—¡No tenemos armas! ¡No tenemos dinero! ¡No somos extranjeros! ¡Soy un mito genial!

Era el subcomandante Marcos, riendo. Se dio la vuelta, en sombra siempre:

—Orita regreso por ustedes.

El galerón en el que entramos era una austera construcción campesina, de tabicones grises, custodiada adentro por dos pasamontañas armados y otra media docena que fueron llegando luego. Tenía dispuestas tres vigas, en triángulo abierto y muy cercanas al piso, que habrían de servir como incomodísimos asientos para la entrevista. En alguna pared cuarteada se adosaban varios tablones con libros y cuadernos muy usados. Del techo bajaba un foco único pero suficiente.

Mientras Juan Miranda inspeccionaba los mejores sitios para disparar su cámara —sólo ahí dentro le estaba permitido tomar fotos—, Óscar Hinojosa, Tim Golden y yo elegimos nuestros lugares. Yo extraje de mi morral las dos grabadoras que traía: una de Carlos Marín, modernísima porque se detenía automáticamente durante los silencios, y otra pequeña que me prestó Rubén Cardoso. Tim Golden puso la suya, también pequeña, dentro de una cesta que encontró por ahí y que ubicó al centro del triángulo.

—Desde cualquier lugar donde se siente Marcos te va a quedar muy lejos —le advertí.

Tim Golden sonrió, autosuficiente:

—Es lo último en grabadoras, la compré en Nueva York. Tienen un alcance extraordinario y no se necesita cambiar cintas, dure lo que dure la entrevista.

—Primer mundo —dije, mientras Óscar Hinojosa abría de nuevo su maleta de tubo para sacar un impresionante tarjetero. Había escrito más de cincuenta preguntas en igual número de tarjetas y las había clasificado por temas. Recordé a Patricia Torres Maya, en *Revista de Revistas*, que preparó un tarjetero semejante cuando fue a entrevistar a Agustín Yánez.

Me volví a sentir un reportero a la antigüita, con mi bloc de notas y mi bolígrafo.

Marcos llegó y tomó asiento cerca de mí, frente a Óscar y Tim Golden. Traía botas, se protegía con un chuj sobre el que se cruzaban las cananas repletas de cartuchos, como las de Pancho Villa; llevaba un reloj en cada muñeca y su inseparable pasamontañas coronado por una borla muy mona —todavía no se calaba encima su cachucha de guerrillero que empezó a usar meses después y le daba más filing.

A pesar de que Andrés Aubry me había recomendado hacer una entrevista profunda sobre la problemática indígena, sin frivolidades, yo centré la mayoría de mis preguntas en torno a la personalidad de Marcos: sus antecedentes de formación, su enigmático sobrenombre, sus lecturas, sus manías. El subcomandante parecía preferir las sesudas cuestiones que le planteaba Óscar leyendo sus tarjetitas —casi todas resueltas en los comunicados del

EZLN—, pero las preguntas del reportero eran casi tan largas como los rollos interminables de Marcos a que daban origen. Tim Golden y yo nos empeñábamos en frenarlo. Al corresponsal del *New York Times* le interesaba las armas de los guerrilleros: que cómo las conseguían, que las prácticas de tiro, que si las ametralladoras Uzi, que si las AK47… Sin embargo, las intervenciones de Tim Golden eran discretas, breves, y me dejaba llevar la entrevista regateándole oportunidades a Óscar Hinojosa.

En un de repente, Óscar soltó una exclamación, se puso de pie e interrumpió a Marcos, que llevaba diez minutos hablando sobre sus lecturas de Rius, de Monsiváis, de García Márquez y de Cortázar —frivolidades.

—¡Perdón —gritó Óscar—, pero aquí se está cometiendo una violación al pacto!

El primer sorprendido fue Marcos. Se rascó el pasamontañas. Despertaron los guerrilleros que se habían quedado dormidos al fondo del galerón, aburridos quizá.

—Quedamos en que Juan Miranda iba a tomar fotos para todos /

—Claro que para todos —lo interrumpí—. Yo le voy a mandar las fotos que quieran a ti y a Golden.

—No. Yo ya me di cuenta de que Juan Miranda —hablaba hacia Marcos— se ha pasado la noche fotografiando a Leñero con usted.

—Ésas son fotos para mi álbum personal, Óscar —dije—. Tú sabes que en *Proceso* nunca publicamos fotos de los entrevistadores.

—Pues yo quiero que también me tome Miranda a mí, con Marcos.

—Órale, Juan.

Aunque Juan Miranda trinaba, obedeció. Varias veces disparó su cámara sobre Hinojosa y Marcos. El subcomandante se aguantaba la risa y trataba de iniciar un nuevo discurso sobre don Samuel Ruiz y el EZLN, una pregunta que se había quedado pendiente.

La entrevista colectiva duró poco más de dos horas. Marcos se levantó para darla por terminada y salimos del galerón. Amanecía. Lloviznaba.

En plan extraoficial el subcomandante charló un rato con nosotros, amable.

—Sus compañeros me pidieron escribir que la entrevista se había celebrado en "un lugar de la selva" —dijo Tim Golden—, pero aquí no hay ninguna selva.

—¿Eso es importante? —preguntó Marcos.

—Yo puedo guardar el secreto de todo este viaje, eso acordamos, pero no puedo decir algo que no sea cierto.

—¿Qué sugieren? —preguntó.

—Decir "en un lugar del sureste" —dije—, da lo mismo.

Marcos asintió. Me tomó del brazo y me llevó aparte.

—¿Sabe? Yo también escribo cuentos. Me gustaría que los viera y me diera una opinión literaria.

—Mándemelos y con suerte se los publicamos en *Proceso*.

Cuando Marcos desapareció definitivamente, seguido por una nubecilla de pasamontañas, regresé a encontrarme con mis compañeros.

Juan Miranda y Óscar Hinojosa pleiteaban; parecían a punto de llegar a las manos.

—Hijo de tu chingada madre, eres un mamón —le gritaba Juan.

—Pero si yo me quedo callado tú no me tomas fotos —le repelaba Óscar.

Tim Golden los separó, yo intervine y Óscar se puso a comer más sándwiches y un yogurt sacados de su maleta de tubo milagrosa.

Volvimos la cabeza y ahí estaba Contacto, otra vez, con la combi blanca. Había llegado por otro camino más accesible, lo cual significaba que nuestro larguísimo trayecto por brechas intransitables había sido únicamente para despistarnos. Cabrones, pensé.

—Tú eres seminarista, ¿verdad? —dije—. ¿Cura de pueblo?

—Yo soy Contacto.

—Eres de los catequistas de don Samuel, tienes facha.

Muy molesto, sin responder a mi acoso, Contacto nos ordenó abordar la camioneta. Nos regresó relojes y credenciales.

—¿Quieren también sus cobijas y sus linternas o se las dejan a los indígenas?

—Se las dejamos a los indígenas —concedió por nosotros Tim Golden.

Emprendimos un viaje eterno hacia Tuxtla Gutiérrez. Antes nos detuvimos frente al dispensario de un pueblucho donde nos sirvieron un café horrible, muy aguado. Óscar prefirió seguir bebiendo de su frasco de yogurt.

En esa única estación se incorporó a nosotros una joven guapa, de pelo castaño y largo. Más parecía una chica de la Ibero que una nativa del lugar. Se sentó adelante, en el lugar del copiloto, y se la pasó murmurando con Contacto palabras inaudibles, quizá de conspiración guerrillera, quizá de amor. Juan Miranda y yo nos sentamos atrás; más atrás: Tim Golden y Óscar Hinojosa. Los cuatro, en absoluto silencio.

Contacto nos pidió varias veces que volviéramos a vendarnos los ojos con nuestras bufandas, pero no le hicimos caso; una vez realizada la entrevista nuestro guía había perdido toda autoridad. Por el retrovisor yo veía sus ojos apuñaleándome y lo que hacía entonces era desviar la mirada hacia los campos ocres, deslavados, estériles, que la brecha iba cruzando a brincos. De vez en cuando se veían aislados campesinos caminando por aquí o por allá entre piedras: descubriendo veredas, huyendo de la claridad de ese jueves mañanero sin futuro para la miseria que palpitaba en las chozas y en las matas calizas que ni la lluvia había hecho crecer.

Fue en ese momento cuando Óscar Hinojosa empezó a sentirse mal. Se aproximó para decírmelo Tim Golden. Antes de que yo volviera hacia atrás la cabeza, Óscar gritó:

—¡Párese, párese, quiero vomitar!

Contacto frenó de golpe. Óscar brincó de la combi y soltó a nuestras espaldas su primera guacareada. Porque fueron tres o cuatro, cada media hora más o menos.

—Eso le pasa a este cabrón por atragantarse de sándwiches sin convidar —exclamó Juan Miranda—. Ahora está pagando su /

—Tiene fiebre —dijo Tim Golden.

—No, ya estoy bien —dijo Óscar.

Por fin, después de horas, llegamos hasta la gasolinera situada en una desviación a Tuxtla Gutiérrez, según nos enteramos por un letrero del camino. Ahí descendieron Contacto y la chica de la Ibero.

—Ustedes siguen en la camioneta y yo aquí me despido —dijo Contacto—. Recuerden que nada pueden escribir sobre esto. Limítense a la entrevista.

Únicamente Tim Golden le dijo gracias por todo. Yo le solté una ironía:

—Salúdame a don Samuel, fray Contacto.

Con Juan Miranda como conductor llegamos, tras dos horas de camino, al centro de Tuxtla Gutiérrez, donde descendió el corresponsal del *New York Times*. Él debía regresar por su auto a San Cristóbal y estaría en México el viernes. Me llamaría a *Proceso* para que le enviara copias de las fotos.

Estacionamos el auto en la plaza principal y acompañamos a Óscar Hinojosa, amarillo y tambaleante, hasta un hotelucho.

—¿No quieres que busquemos un doctor? —le pregunté—. Te ves muy mal, tienes fiebre.

—No. Necesito empezar a escribir. Ya estoy mejor, mucho mejor.

—Te voy a decir como Contacto —le espetó Juan Miranda—. No publiques la entrevista antes del domingo, cabrón; si no, no hay fotos.

Sólo de mí se despidió de mano Óscar. Entró en su hotel.

Juan Miranda debería regresar a San Cristóbal por Rubén Cardoso y por mi equipaje. Yo volaría a México con los carretes de fotografía para escribir de inmediato. Antes de tomar el avión llamé por teléfono a Estela y a Julio. Estela me recibió en el aeropuerto, sensible como siempre.

Lento como soy para el tráfago que se exige al reportero de noticias, reportear y escribir al momento su nota, me preocupaba desde el avión la tarea de convertir en palabras mi trabajo. Tenía sólo día y medio —los cierres de *Proceso* eran los viernes— para concluirlo con bien. Estaba además desvelado y molido.

Todo mundo en la revista se ofreció a auxiliarme en la transcripción de las cintas. Y mientras la noche de ese jueves yo escribía en mi casa un recuadro sobre la ambientación del acontecimiento, Elena Guerra, Carlos Marín, Gerardo Galarza y mi secretaria Ana María Cortés realizaban el ingrato trabajo de transcribir al papel las grabaciones. Me entregaron el bonche de papeles la mañana del viernes y empecé a escribir, no en mi escritorio sino en la sala de juntas de *Proceso* para evitar las distracciones.

A mediodía me llamó Tim Golden. Me pedía un par de fotos, no necesitaba más. Tenía un problema:

su extraordinaria grabadora adquirida en Nueva York, el milagro tecnológico del primer mundo, le había fallado: No se oye ni madres, dijo. Ofrecí enviarle con un mensajero las copias de mis transcripciones. Con ese mismo mensajero le mandé a Óscar Hinojosa, a *El Financiero*, diez fotos de las tomadas por Juan Miranda; desde luego, donde aparecía él con Marcos.

Terminé la redacción de la entrevista pasadas las doce de la noche. Salió en portada de la edición 903 del 21 de febrero, con un acercamiento de Marcos trenzado el índice con el dedo mayor de su mano derecha. La cabeza rezaba: **"Salinas sabía" / Marcos, de cerca.**

Óscar Hinojosa rompió nuestro pacto. La primera parte de la entrevista apareció el sábado, con una foto suya entrevistando al subcomandante, en páginas interiores. Tim Golden sí cumplió: su nota no medía más de cuatro cuartillas y se publicó el domingo en primera plana de *The New York Times*.

Aunque los problemas del EZLN con el gobierno de Salinas no se arreglaban, la fama de Marcos como personaje internacional y como líder moral crecía y crecía.

Casi seis meses después de la entrevista, a finales de julio del 94, recibí por fin uno de sus relatos literarios. Narraba un episodio real, a manera de *non fiction*. Traía una pequeña carta adjunta:

Salve maestro. Con el evidente retraso que señala el calendario, cumplo mi promesa de enviarte algo de "literatura" de la primera época de montaña. El texto anexo, titulado "Nos dijeron la verdad", lo escribí atardeciendo el 85, todavía en lo profundo de la selva, y narra la primera vez que hicimos contacto abierto con un poblado. No seas severo al juzgar el estilo literario, nunca pensé que alguien más que los compañeros de montaña lo vería y su intención era guardar esos pequeños "éxitos" del EZLN. En esa época yo tenía grado de Capitán 2º de Infantería, lo que significaba, en términos de sueños, que éramos ya 15 combatientes, la columna más poderosa (y la única) de los insurgentes zapatistas. Ahí ve tú lo que haces con el texto, acabo de rescatarlo de un montón de papeles mojados y parte de él estaba despintando pero las palabras se distinguían. Lo reconstruí con un poco de nostalgia y un mucho de apego a lo que veíamos, en esa época, en el espejo. Dime si quieres más de estas nostalgias, he recorrido el "Baúl de los tesoros del Sup" y he encontrado cosas que, en veces, me arrancan una sonrisa, y, otras, más de una lágrima. En fin, piezas del rompecabezas (en todos los sentidos) que es la historia antes del 1 de enero de 1994.

El relato testimonial era bueno. Lo publicamos a doble plana en la sección de cultura con un dibujo de Efrén.

Desde los primeros meses del entrante gobierno de Ernesto Zedillo, se endureció la situación para el EZLN. Mañoso, el presidente utilizó un doble juego. El de las pláticas y los arreglos con "nuestra mejor voluntad", y el de la persecución soterrada contra el movimiento de Marcos. Las pláticas nunca habían prosperado. Ni las primeras en la catedral de San Cristóbal con Manuel Camacho Solís, ni las que empezaron después en San Andrés Larráinzar.

Lo que sí tuvo frutos fue el hostigamiento. En marzo de 1995 detuvieron a supuestos excombatientes y luego el ejército enderezó una batida contra los insurgentes que hizo huir a Marcos hasta las entrañas de la Selva Lacandona.

Desde ahí, en mayo de 1995, me hizo llegar una carta que empezaba diciendo· *Maestro: Lo saludo con la distancia a que me obliga este sube y baja por lomas y cañadas, y con el respeto que me imponen sus letras.*

Proponía realizar una entrevista conmigo, con otro reportero de *Proceso* y nuestro fotógrafo, pero también con un fotógrafo y un reportero de *La Jornada*, y uno más de *El Financiero* —otra vez la maldita entrevista colectiva—. Era explicable: Marcos buscaba a toda costa la más amplia cobertura a su causa en el difícil momento que vivía.

Hay más advertencias —declaraba su carta después de explicaciones y más explicaciones—: *se necesitan unos dos a tres días de camino, en bestia y a pie, para llegar al lugar de la entrevista, y otro tanto para salir. Si la entrevista dura un día, serían de 5 a 7 días desde que se deja el vehículo hasta que se vuelve a él. Le digo para que haga cuentas. De las fechas probables, el portador le informará.*

Y terminaba:

Bueno maestro, es todo. Espero no fastidiarlo con tantas medidas y condiciones. Ojalá pueda verlo y saludarlo personalmente. He releído hace unos días un libro que tal vez usted conozca. Se llama "Los periodistas". Tal vez hasta tengamos tiempo de que le haga yo una entrevista a usted. Salude de mi parte al maestro Scherer y al gran Naranjo. Un abrazo especial para Froylán López Narváez y a todos.

Vale. Salud y que la paz sea, algún día, una buena noticia.

Lo que ahora me arredraba no era el reto periodístico, sino eso de los dos o tres días montado en una bestia —entendí mula— y a pie —entendí subidas y bajadas por veredas retorcidas—. Sin embargo, acepté. A huevo, dijo Julio. Viajaría con Salvador Corro y con Juan Miranda.

Lo primero que hice fue comprar un par de botas de montaña, no las durísimas que conseguí en el mercado de San Cristóbal y que terminaron destrozándome el pulgar del pie izquierdo. Luego salí a caminar todos los días con Estela por las calles de San Pedro de los Pinos para estar en forma. Hacía ejercicios de respiración, le bajé al cigarro.

Pasaron días, semanas, y no se apareció contacto alguno a precisar las instrucciones. Al mes dimos por suprimida la entrevista sin que Marcos enviara expresamente cancelación alguna. De seguro Marcos anda huyendo y escondiéndose en lo profundo de la selva, dijo Froylán; lo están cazando.

Estalló poco después la gran revelación. La Procuraduría Federal de la República —también el ejército de seguro— había logrado desentrañar la personalidad de Marcos. Se llamaba en realidad Rafael Guillén Vicente, nacido en Tampico en 1957:

tenía 38 años, muy cerca de los 39 que le calculó Blanche Pietrich. Guillén estudió Filosofía y Letras en la UNAM. Obtuvo su licenciatura, con mención honorífica, en 1980. De 1979 a 1983 impartió clases en la Escuela de Ciencias y Artes para el Diseño, de la Universidad Autónoma Metropolitana, unidad Xochimilco.

Los medios de comunicación difundieron profusamente, además de esta información, la fotografía de Rafael Guillén adosada a su título universitario y otra, muy borrosa, de un periódico donde se daba cuenta de la conferencia que fue a impartir, en 1992, a la asociación de agentes comerciales en Matamoros: "El ejecutivo de nuestro tiempo". Ya se había instalado en Chiapas, pero viajó a Tampico a petición de su padre don Alfonso, quien trabajó durante años en el ramo de mueblerías. Guillén habló allí contra el TLC que se negociaba entonces. Y lo fotografiaron. Lucía narigón, con barba.

A poco de esta develación, en julio de 1995, apareció en la editorial Cal y Arena *La rebelión de las cañadas*, un libro de Carlos Tello Díaz que informaba exhaustivamente sobre la historia del EZLN y la participación de Rafael Guillén desde que se incorporó al movimiento guerrillero en 1982. *Proceso* publicó fragmentos del libro, poco antes de aparecer en librerías, y una larga entrevista con Carlos Tello Díaz realizada por Guillermo Correa.

Era un notición, dijo Julio Scherer.

Algunos miembros de la izquierda mexicana censuraron tanto el libro como el vuelo que le imprimió *Proceso*. Rosario Ibarra de Piedra —devota de Marcos— declaró a la revista que *La rebelión de las cañadas* era un libro "hecho con mente policiaca, y peligroso porque mezcla mentiras con verdades". Carlos Montemayor abundó: "Me asombra la rapidez con que Tello Díaz pudo recolectar información tan precisa. Parece más una delación que una investigación histórica". Y Andrés Aubry: "A Tello Díaz le preocupa más establecer identidades que conocer la lenta acumulación de fuerzas en silencio que condujo al estallido".

No faltaron reporteros de *Proceso* que dudaron de la pertinencia de publicar las revelaciones. Los miembros del consejo editorial no teníamos dudas. El oficio periodístico obliga a buscar información hasta el agotamiento —era el afán obsesivo de Julio—, sin distinción de ideologías. Si un personaje se oculta con una máscara —dijimos—, nuestro deber es quitársela.

Fue así como durante julio y agosto de 1995 la revista se dio a la tarea de seguir, corregir y ampliar las pistas sembradas por *La rebelión de las cañadas*. Antonio Jáquez, Agustín Ramírez, Álvaro Delgado, José Alberto Castro y Julio César López investigaron hechos y personajes de lo que se inició en 1970 y culminó con el EZLN. Fernando Ortega se instaló durante una semana en Tampico para averiguar la infancia, la adolescencia, la familia y las amistades de Rafael Guillén. Francisco Ortiz Pinchetti viajó a Nicaragua y exploró las huellas dejadas por el futuro guerrillero cuando estuvo tres meses en San Juan del Río Coco, después del triunfo sandinista.

A mediados de agosto, Armando Ponce me confió que su querida amiga, Rosa Nuria Masana, conocía a Lourdes Balderrama, una publicista que había sido alumna de Rafael Guillén en la UAM Xochimilco y le tomó en esos tiempos una buena cantidad de fotos.

Con Rosa Nuria fui a visitar a Lourdes Balderrama a la agencia donde trabajaba, en San José Insurgentes. Como sabía su condición de diseñadora y en ese entonces ejecutiva de la agencia, le llevé a manera de regalo un pequeño libro antiguo sobre arquitectura.

Era una joven guapa, de ojos como luces, un tanto hermética. Tomamos café en un Vips cercano al teatro Insurgentes.

Sí, había sido alumna de Rafael Guillén. Era un maestro muy inteligente, chispeante, divertido. Les hablaba de Marx, de Althusser, de Foucault. Las alumnas se morían por él.

—¿Fuiste su novia?

—No. Bueno… no —se delató Lourdes con una sonrisa. Y enrojeció por momentos.

—Me dice Rosa Nuria que siempre andabas con una cámara.

—Me gusta mucho la fotografía.

—Y le tomaste fotos.

—Sí, en clases.

—Y las conservas.

Lourdes enmudeció. Sonreía, como recordando, pero se resistía a hablar del tema.

Le expliqué que necesitábamos esas fotos. Era material periodístico, importante en aquellos momentos. Nada fuera de lo común. Imágenes nada más de su maestro en los ochenta. Elocuentes, inofensivas. Le pagaríamos lo que fuera por cinco o seis.

—No son fotos íntimas, ¿verdad?

Lourdes Balderrama sonrió; continuaba resistiéndose. Le daba cosa, dijo. Dudaba. Me pidió que le diera unos días para pensarlo.

—Las necesito mañana.

Cuando regresé a *Proceso* pedí a Juan Miranda y a Marco Antonio Sánchez que reunieran las mejores fotos de Marcos, en pasamontañas, a color y blanco y negro, y las ampliaran en ocho por diez. Prepararon una carpeta espectacular, como para coleccionistas del mito Marcos. La enviamos esa misma tarde a Lourdes Balderrama.

Al día siguiente, en un sobre, recibí como respuesta las fotos de Rafael Guillén en la UAM Xochimilco. Sólo eran dos en blanco y negro, pero excelentes. En la primera, con camisa de lana a cuadros, bigote y barba, muy denso el cabello, el profesor sonreía feliz. Atrás se distinguía el pizarrón, y a la izquierda una mesa con papeles en desorden. En la segunda miraba hacia otro punto, con picardía, mientras con la mano derecha hacía "caracolitos" con el clásico ademán de ¡tenga!, siempre socarrón el maestro.

Publicamos la primera como portada del número 981 y la segunda en páginas interiores, a dos tercios de página. Acompañaba a un largo reportaje de Álvaro Delgado con entrevistas a quienes fueron maestros y alumnos de Rafael Guillén.

Tal vez fueron esas investigaciones periodísticas y una portada que aludía a *El atardecer de Marcos* lo que provocó un serio y creciente distanciamiento de Marcos con *Proceso*.

En marzo de 1996, nuestro corresponsal en Chiapas, Julio César López, se quejó de que los representantes del EZLN lo hostigaban y le entorpecían sus tareas reporteriles. El propio Marcos, en son de burla, llegó a acusarlo de ser empleado de la Secretaría de Gobernación un día en que el subcomandante conversaba con Oliver Stone, de visita en el poblado de La Realidad. Y Antonio García de León, coordinador de asesores del EZLN durante las conversaciones de San Andrés, llegó a decir a Julio César que *Proceso* y Gobernación eran lo mismo.

Me molestó tal actitud. Tanto que envié una carta a Marcos. Le escribí, en mi desahogo:

Es infantil pensar que las averiguaciones periodísticas son comparables a las averiguaciones de la PGR o de Gobernación. Si así lo piensa, no entiende para nada lo que es el oficio periodístico. Usted, el EZLN, emplean un razonamiento semejante al que utilizan de continuo los presidentes de la República, los empresarios, los partidos políticos. Proceso está bien mientras Proceso nos entienda, nos elogie y nos diga que todo lo que hacemos es por el bien de la patria. Proceso tiene que ser incondicional nuestro para considerar estimable el periodismo que hace.

Desde luego, nunca recibí respuesta y nunca volví a ver ni a escribir a Marcos. La reconciliación con *Proceso*, si así puede llamársele, ocurrió en marzo de 2001, cuando Julio Scherer se reunió con el subcomandante en la Ciudad de México, en ocasión de aquella visita del EZLN para razonar la ley indígena que impunemente cercenó el Poder Legislativo. La exhaustiva entrevista de Julio con Marcos fue transmitida por la televisión y publicada en *Proceso*.

Durante más de una década perdí toda relación con Marcos hasta que un sábado de febrero de 2013 —esto ya lo conté— acudí al Palacio de Minería en ocasión de la feria del libro porque Juan Villoro iba a presentar un cuentario mío. Lo hizo con la bondad y el entusiasmo de siempre y al terminar el acto, entre el público que se asoma a saludarnos en el salón, se me puso enfrente un joven moreno, chaparrito. No era para solicitar una firma o una foto de celular —como ahora se acostumbra—, sino para entregarme una tarjeta en blanco. Me sorprendí de momento y di vuelta a la tarjeta para averiguar si traía alguna inscripción. No. Era una fotografía a colores tamaño postal en la que se veía al subcomandante Marcos. La socorrida imagen con pasamontañas y gorrita de dril.

—Estuvo aquí pero ya se fue —dijo el enviado chaparrito y se escurrió entre los agolpados en el templete.

¡Qué cosa!: estuvo aquí pero ya se fue.

Después de unos segundos de desconcierto, de girar la cabeza como gallina desorientada para buscar un rostro identificable entre la gente, me puse a pensar en las prerrogativas de las que disfruta ahora el controvertido Marcos.

A diferencia de los famosos que necesitan ensartarse unos anteojos oscuros o una peluca o un disfraz para escapar de los acosadores y de los paparazzi mexicas, él lograba esconderse al revés: quitándose el pasamontañas y la gorrita. Podía salir entonces de Chiapas y transitar en cualquier ciudad o pueblo sin que nadie lo reconociera.

Por ahí andaba esa noche en la feria del libro mironeando títulos en los módulos de las editoriales, asomándose a las aburridas presentaciones, galaneando quizá.

Otra vez Marcos en vivo. Vivo.

Yuliet

No fue ella quien me abrió la puerta de la inmensa casona de Polanco sino un altote moreno que en el siglo diecinueve hubiera vestido librea de mayordomo y ahora tenía la inconfundible facha de los guardaespaldas —guaruras, les decimos hoy en día.

Me hizo entrar a una estancia en la que se daba espacio a dos salas completas, una con muebles Knoll y la otra con sillones y sofás estilo Imperio heredados de la vieja burguesía. Aquí se deben organizar ruidosas fiestas con personajes de la política y la iniciativa privada, pensé... Aunque me extrañó ver alfombras persas en el área moderna y alfombras rasas, peludas, en la zona tradicional. También candiles como los del fantasma de la ópera arriba del mobiliario Knoll, mientras los sofás Imperio habrían de ser iluminados —ahora no, porque era mediodía— con garabatos calderianos de complicado diseño. En las paredes, algunas tapizadas de figuras simétricas, paisajes de la escuela de Velasco, lo mismo que óleos de Tamayo, de Rivera y hasta de Fito Best.

Residencia de millonarios, sin duda, a cuya clase pertenecía ella, como me advirtió semanas antes Héctor Azar.

El mayordomo-guarura me señaló una ancha escalera alfombrada digna de una película de Bette Davis, por la que subí enseguida. No me detuve a examinar las fotografías enmarcadas contra el muro lateral —en muchas se reunía gente importante— porque en el distribuidor de la planta alta me sonreía Yuliet. (Así escribo su nombre porque así firmaba ella sus textos: Yuliet, sin apellidos.) Envolvía con una bata de seda su figura alta, delgada casi hasta la anorexia, y traía el cabello recogido hacia atrás. Sólo sus dientes eran perfectos.

Luego de las cajoneras palabras del saludo, de que le estreché la derecha, de que la besé en la mejilla y aspiré su intenso perfume, me advirtió:

—Antes que nada tengo que decirle algo, *teacher* —no me dijo tícher como algunos de sus compañeros sino que pronunció la te inicial con la lengua entre los dientes para convertirla casi en una de.

—Antes que nada tengo que decirle algo, *teacher*: soy lesbiana.

No lo sabía, ni me importaba, ni qué carajos temía de repente esa mujer: ¿que me lanzara sobre ella como un bruto acosador?, ¿que estaba yo ahí para intentar /

Yuliet pareció leer mi gesto de enojo cuando me interrumpió:

—Se lo digo porque ése es el tema de mi libro, *teacher*.

Habían transcurrido apenas dos meses de que conocí a Yuliet en el taller de dramaturgia al que me invitó Héctor Azar en su Centro de Arte Dramático en Coyoacán, en los años setenta.

No recuerdo si impartía entonces el primero o el segundo ciclo —lo recordarán mejor mis talleristas de entonces: Leonor Azcárate, Edgar Ceballos, Andrés Torres, Carmen Farías, Víctor Hugo Rascón…— cuando una tarde el joven Ignacio Orozco, secretario del CADAC, interrumpió la lectura de Leonor Azcárate para presentar al grupo a la tal Yuliet, quien aunque se había inscrito a destiempo fue aceptada de inmediato por el propio Héctor.

—¿Tiene usted algún inconveniente, maestro? —preguntó Ignacio Orozco.

—Para nada —respondí mientras Yuliet avanzaba hasta la silla que Andrés Torres le aproximó cortésmente.

Siempre se la veía así, de pie o sentada: con verticalidad de regla, como si una institutriz le hubiera enseñado desde niña a mantenerse derechita caminando con un par de libros sobre la cabeza.

Yuliet empezó ofreciendo disculpas por llegar a deshoras y a medio curso, por ser una simple aprendiz sin experiencia literaria pero con muchas ganas de descubrir los secretos del teatro, que —dijo— desconocía por completo.

—Yo escribo poesía y prosa poética, aunque estando aquí entiendo que tendré que escribir teatro.

—Dramaturgia —puntualicé, mordaz—. Esa es una exigencia para todos. Éste es un taller de dramaturgia.

Al finalizar aquella sesión en la que Leonor Azcárate leyó la primera escena de *Un día de dos*, hablé con Héctor Azar sobre su recomendada Yuliet. Héctor la conocía por su padre, un ochentón millonario del grupo de empresarios más ricos de México. Él mismo le pidió aceptar en el CADAC a su hija, que no era una joven, por cierto, a pesar de sus visibles capas de maquillaje, de sus pantalones de mezclilla y de su cola de caballo. De seguro andará llegando a los cincuenta, pensé mientras la observaba durante sus lecturas.

—Espero que escriba bien —le dije a Azar esa tarde.

No escribía bien Yuliet. En sus primeros turnos leía largos monólogos de personajes extravagantes, todos mujeres: una abuela con alzheimer, una niñera coja, una turista limosnera, una viuda gimiendo desde ultratumba.

Como lo hacía yo frecuentemente con el grupo, traté de prevenirla contra la peligrosa facilidad de los monólogos que se han convertido en recurso tramposo de algunos dramaturgos para no enfrentar problemas de dialogación y producir obras baratas. Yuliet tardó en convencerse hasta que sometió a la consideración del taller una pieza con doce personajes soltando incoherencias que recordaba al teatro del absurdo. Era un avance, una búsqueda mejor si se esmeraba en trabajar la lógica coloquial y en enlazar las escenas como piezas de un rompecabezas, le advertí.

Leonor Azcárate fue cruel:

—Si quieres escribir teatro del absurdo lee primero a Ionesco y a Adamov.

Yuliet soportaba las críticas con aparente serenidad. Escondía su enojo. Repetía de continuo: estoy aprendiendo, vengo aquí para aprender. Y cuando le tocaba el turno de opinar sobre los trabajos ajenos empezaba diciendo quedamente: muy bien, me parece muy bien, para luego evadir sus personales juicios y soltarse a presumir de las obras que había visto en Londres o en París y sobre todo de aquella charla inolvidable que tuvo oportunidad de sostener, de tú a tú, con Peter Brook en una cena de intelectuales en la que también participó Giorgio Strehler; *Do you know who Giorgio Strehler is?* Al hablar de aquello parecía entusiasmarse. Ademaneaba sin contención, orgullosa de la gente célebre con la que se codeaba.

Ahí, en sus manos volando y en su voz enronquecida se delataba acaso el secreto de su edad; también por las arrugas y las manchas de sus manos; por la bufanda de seda que le resbalaba del cuello y dejaba al aire gajos de piel colgante. Qué cincuenta años, rectifiqué, ésta ya pisó los sesenta.

Lo cierto es que por su edad y su escasa experiencia literaria, Yuliet no encajaba en mi grupo de treintañeros familiarizados con el mundillo teatral.

Estrictamente hablando —me corrijo—, ni la edad ni la experiencia deberían ser problema en un taller de dramaturgia. Alguna vez acepté a un anciano setentón más empeñado en vanagloriarse de sus experiencias sexuales de juventud que en escribir su ansiada trilogía documental sobre las amantes de Porfirio Díaz. O aquel huraño pelirrojo que entraba y salía de las reuniones semanales sin compartir pláticas ni chismes con sus compañeros. Nadie supo jamás cuál era su oficio, su estado civil, sus aspiraciones. No abría la boca más que para leer, tomaba apuntes de todas las críticas como si le estuvieran dictando su sentencia de muerte, y ya. O aquella sí extrañísima y gordísima mujer —también recomendada por Héctor Azar— que se aparecía en el salón engalanada con vestidos folklóricos de tehuana, de chiapaneca, de Frida Kahlo; labios rojos, mejillas de payaso, cintas y más cintas en el cabello, y a quien sus compañeros apodaron la Coatlicue. Llevaba a examen poemas horribles o diálogos metafísicos en hojas sueltas de libretas Scribe —sin copias para los demás— y presumía amistad con Salvador Novo —de su influencia provenían los diálogos históricos—, y con Cantinflas y con Dolores del Río, "que vive aquí a la vuelta", y con la que intercambió recetas de cocina del siglo dieciocho. Se pavoneaba moviendo las caderas. Simpática al fin y al cabo. Años después, diez o más, encontré a la Coatlicue cruzando Ayuntamiento, en Coyoacán, convertida en una anciana matusalémica, qué dolor. Encogida, achaparrada, soldada a una varilla de fierro como bastón. Su rostro era el mismo —inconfundible para mí—, aunque desde luego ya no vestía como Frida Kahlo, ni sus cachetes eran colorados ni llevaba cintas en el pelo, ni contoneaba las caderas. Me aproximé para saludarla sin advertir mi imprudencia, pero no me reconoció, o se hizo la desentendida, de seguro.

A tales extremos no llegaba ni llegaría nunca Yuliet. Ella sería siempre chic. Así se aparecía cada jueves, quince o veinte minutos tarde para hacerse notar, cuando alguien ya estaba leyendo y se veía obligado a interrumpirse por el ruido que provocaba la mujer al colocar su suéter o su bolsa en la mesa, al poner un libro en inglés próximo al lugar de una compañera a quien pedía una copia y le preguntaba quedito en qué página iban. Llegaba tarde y se despedía temprano —como en la técnica del guion cinematográfico, me mofaba yo aunque ella no entendiera— porque tenía a su chofer esperándola, o más a menudo a una chica rubia de cabello ensortijado y mochila multicolor a la espalda —la chica del backpack, la bautizó Andrés Torres, curiosón—; fume y fume, masque y masque chicle apoyada en la reja del CADAC con la pierna en escuadra brotando seductoramente de su minifalda.

Un jueves, cuando aún no se encendían los arbotantes de Coyoacán, Yuliet detuvo su estampida hacia la calle. Aguardó a que sus compañeros abandonaran el salón porque necesitaba hablar conmigo a solas, explicó:

—Quería avisarle que voy a faltar dos o tres semanas al taller, *teacher*.

—¿Te vas de viaje?

—No. Es que… *Well, I'm writing my autobiography*… Bueno, no… Una novela inspirada… inspirada en mi vida, en algunos episodios de mi vida —sonrió.

—Ah, pues qué bien —dije—. Pero para eso no necesitas dejar el taller. Al contrario, te serviría. El taller es sólo una tarde a la semana.

—Lo que quiero es que usted me ayude, *teacher*.

Me sorprendí.

—Sí, a escribir. Ya ve lo tonta que soy con la puntuación, con la sintaxis *and those things*.

—Yo no soy corrector de estilo, Yuliet.

—Necesito que me ayude con lo que usted llama la estructura.

—Y no tengo tiempo, Yuliet.

—Sólo una vez a la semana, *teacher, please*. Ahí en mi casa; sin ruido, sin distracciones, *there is none in the morning*.

—Te digo que no soy corrector de estilo.

—Desde luego le pagaría.

—No es por eso.

—Qué le parece si por cada sesión a la semana yo le pago…

Dijo la cifra. No la recuerdo, y significaría muy poco cuarenta años después. Lo que sí tengo presente es que esa cantidad por semana equivalía a la mitad de lo que me pagaban en *Excélsior*, cada mes, por dirigir *Revista de Revistas*. Cuatro sesiones al mes sumaban el doble de mi sueldo. ¡Nunca había ganado tanto por tan poco, santo Dios!

Fue así como llegué por primera vez a la residencia en Polanco de Yuliet.

Lo que ella llamaba su estudio era incómodo y estrecho, un cuchitril inverosímil en una casona donde los cuartos se suponían amplísimos. Detrás de la mesa donde apenas cabíamos los dos, casi codo con codo, se alzaba hasta el techo una estantería con numerosos adornos y escasos libros: diccionarios de idiomas, obras completas empastadas de Mark Twain, de Stephen King; *El manantial* de Ayn Rand, *Miedo de volar* de Erica Jong…

Lo que sí me pareció enorme fue su cuarto de baño colindante con el estudio. Además de los servicios y de un área de aparatos gimnásticos, el lugar se sentía gobernado por una espectacular alberca-jacuzzi de casi un metro de profundidad.

—¡Qué baño tienes, Yuliet! —le dije cuando regresé de orinar.

—En el *swimming pool* me paso las horas pensando, leyendo…

—¿A Stephen King?

—Stephen King me cansó. Ahora estoy leyendo a Erica Jong y escribo… *I'm on it*, en mi autobiografía.

Le pedí que iniciara la sesión leyendo en voz alta su primer capítulo. No me sorprendió que su puntuación oral no correspondiera a su puntuación escrita, que yo atisbaba de ladito, agravada por su pésima letra. Era necesario de aquí en adelante, le dije, que pasara a máquina cada capítulo antes de mostrármelo —tenía una máquina eléctrica IBM— y sobre ese texto revisaríamos cuidadosamente el sentido del relato y la puntuación.

—La puntuación es lo de menos —repeló—, para eso están los correctores de estilo de las editoriales.

—Para eso estoy yo también. La puntuación y la sintaxis ayudan a ordenar las ideas.

Yuliet tenía parte de razón, porque el problema mayor de su escrito era el desbarajuste para decir lo que quería decir. Saltaba con un arbitrario punto y coma de sus recuerdos de infancia a los escarceos de su adolescencia con el hijo de un cineasta, y con otro punto y coma regresaba a una institutriz que le metía mano en la entrepierna, y luego a un viaje a Europa con su padre gruñón, para terminar el "capítulo" narrando el amorío abrasador con una chica "cara de ángel".

—No se entiende cuando esto y cuando lo otro, Yuliet, por favor. Faltan puntos. Puntos y aparte. Termina primero una idea y luego salta a otra, no las encimes… Echar va sin hache.

Ella se defendía aludiendo que el brincoteo de escenas y de tiempos era intencional. Como la corriente de la conciencia de que le habló una profesora en Princeton. Como lo hace Rulfo en *Pedro Páramo*, como el *Artemio Cruz* de Carlos Fuentes, dijo.

No le refuté sus dislates y me puse a explicarle lo del tono, lo del ritmo; la captación del lector que requiere deglutir las frases poco a poco, como se saborea una sopa. Necesitaba darse cuenta de que no por haber trabajado durante horas o días cinco páginas a máquina —al menos entendió la importancia de transcribirlas en su máquina IBM—, esas cinco páginas alcanzaban a integrar un capítulo. Ella creía haber escrito ya ¡cinco capítulos! Y su novela empezaba apenas a delinearse.

Escuchó con azoro mi taralata. No dijo una palabra. Sus ojos pardos se abrieron. Brillaban. Estaba a punto de llorar.

Traté de reanimarla con frases amables y hasta le prometí pasar en limpio su escrito para explicarle mejor lo que trataba de decir. Valía la pena el esfuerzo. No quería yo —eso no se lo dije— perder un trabajo tan jugoso.

Reaccionó. Se limpió con el índice una lagrimita.

—Ya entendí, *teacher*, ya entendí. Usted no necesita pasar en limpio nada. *I'm going to do it.* Voy a comenzar de nuevo desde la infancia, en orden.

Aunque Yuliet mejoró un poco, no demasiado, seguí presentándome en su casa todos los miércoles a las diez en punto. Estacionaba mi Opel frente al jardincillo del camellón y el mayordomo-guarura me acompañaba hasta el pie de la escalera. Ella me pagaba cada sesión por adelantado con billetes metidos en un sobre azul que olía a su perfume.

A veces me hacía esperar diez o quince minutos en el estudio. Salía del cuarto de baño sonriente, con el cabello lacio aún húmedo; una pequeña toalla en la espalda sobre la chamarra de los pants. Casi siempre aparecía detrás de ella la chica del backpack, también con el cabello chorreante, y me dirigía una sonrisa pícara a manera de saludo y despedida. Nada más porque Yuliet nunca me la presentó, como si se empeñara en disimular la evidente relación entre las dos, la que se evidenciaba en los diez o quince minutos de retraso y hasta en la media hora que soporté un miércoles oyendo tras la puerta del cuarto de baño las risitas, el parloteo y el chapoteo en el agua caliente de la alberca-jacuzzi.

Esa mañana me dijo, aleteando como una chiquilla:

—Se va a enojar conmigo, *teacher. You're going to kill me.*

—¿Por qué?

—No cumplí con la tarea de pasar en limpio el episodio de la institutriz. Me adelanté. Me puse a escribir otra escena en *flash forward* sobre mi encuentro con la chica cara de ángel, el amor de mi vida; esa que aparecía en mis primeras páginas horribles, *do you remember?*

—Ya sé quién es tu chica cara de ángel —le dije con un guiño mientras señalaba la ruta seguida por la rubia que acababa de salir hacia la escalera.

Sonrió. Negó con la cabeza.

—*Not at all.* Ella no es mi cara de ángel.

—Las oí reír en el jacuzzi —dije—. Iba por ti al CADAC todas las tardes.

—Pero ni por casualidad, *teacher* —rió—. Esta güera fea es una cabrona hecha y derecha. Cínica, explotadora, perversa. *Every time* nos agarramos de las greñas y si la soporto es porque… bueno, usted sabe. *This is how sex is.*

—No puedo entender lo que haces, Yuliet.

—Mi chica cara de ángel fue el amor de mi vida. *She was wonderful*, jamás tuvimos un disgusto. Por eso me puse a escribir sobre ella y me salió casi perfecto, *I think*. Se lo voy a leer si quiere.

—¿Y qué pasó con ese amor de tu vida?

—Se fue a estudiar a Cambridge. Estaba enferma y allá murió de cáncer *about four years ago.*

El "capítulo" era pésimo como todo lo que escribía Yuliet.

Pretendía ser poético a punta de rimas internas y le resultó cursi. Frases inconexas, faltas de ortografía, pésima puntuación. Lo de siempre. Cuando volví a leerlo en mi casa después de haberlo analizado con ella benévolamente —para no frustrarla más— pensé en tomar una decisión definitiva. Era inútil. Yuliet no sería jamás una escritora. No era honrado de mi parte seguir engañándola por mi mezquino interés en el dinero.

Se acabó.

La víspera del miércoles en que decidí suspender nuestros encuentros, Yuliet me llamó por teléfono. Habló de una cita imprevista en el extranjero. Viajaba a Rumania para someterse a una terapia de rejuvenecimiento con la doctora Aslan.

Transcurrió un mes, un mes y medio hasta que escuché de nuevo la voz de Yuliet. Me telefoneó. Se oía alegre. Quería que nos viéramos el miércoles, como siempre. No me atreví a ser contundente. Le hablé de un exceso de trabajo, de que los miércoles, precisamente, debía hacerme cargo de nuevas tareas en *Revista de Revistas* y de algunos problemas familiares imposibles de /

—Escribí mucho durante el viaje, *teacher*.

Alterando mi puntualidad, llegué como diez minutos tarde a la casa de Polanco. Me había acostumbrado a encontrar siempre al mayordomo-guarura en la puerta de entrada en espera de mi Opel, dispuesto a abrir con prontitud mientras me saludaba con los buenos días, maestro.

Ese miércoles, el mayordomo se hallaba ausente.

Malestacioné el Opel junto al camellón, crucé la calle y pulsé dos veces el timbre de la entrada. Hasta el tercer llamado se abrió la puerta, no del todo: sólo una rendija por la que se asomó el corpulento sirviente con sus ojos ocultos por lentes oscuros. No parecía estar dispuesto a cederme el paso. Su voz era grave:

—La señora no está en condiciones…

Lo interrumpió Yuliet a sus espaldas:

—Déjalo pasar, Jaime.

Jaime, qué risa. Hasta ese momento, después de tantas semanas, supe que el mayordomo-guarura se llamaba Jaime, como el típico sirviente de la burguesía. Qué risa.

Jaime reculó su humanidad para dejarme entrar, aunque no me saludó con los buenos días, maestro.

Ahí estaba Yuliet, en la estancia de las dos salas, al pie de la suntuosa escalera. Se envolvía en una bata de baño color de rosa que me pareció gastada y corriente. Por su cabello lacio brillaban líneas de agua. No sonreía como otras veces. Parecía ajena a todo, a mí.

—Tenemos que suspender el taller —dijo alzando los hombros y sin ánimos de besarme en la mejilla.

A un par de pasos de donde ella se erguía, sobre la alfombra, un bulto cubierto por una colcha de cama activó mi sorpresa, que se convirtió en azoro cuando advertí que una mano de mujer, con uñas nacaradas, asomaba hacia mí como queriendo huir.

—Qué pasó, Yuliet.

—Un accidente. Es Carolina. Está muerta.

No hablaba con angustia. Su serenidad era sorprendente.

Me encontré con los lentes oscuros de Jaime cuando giré de manera automática, desconcertado, asustadísimo ya como si me sintiera implicado en un asunto fuera de mi competencia.

Yuliet se había inclinado para cubrir con la colcha la mano delatora. Se mantenía en silencio a la espera de algo, de qué: ¿la llegada de una ambulancia?, ¿la aparición de la policía?

Nada tenía que explicarme pero lo explicó:

—Jugábamos en el *swimming pool*. Yo me salí para ducharme y cuando Carolina iba también a salir se resbaló y se pegó en la cabeza con el borde. *I didn't realized. I didn't see her.* Perdió el conocimiento. Se ahogó.

—Qué desgracia espantosa —exclamé.

Los silencios de Yuliet se prolongaban. Su gesto siempre el mismo: rígido, indiferente. Ni por asomo una lágrima. Si algo semejante me hubiera ocurrido a mí yo andaría girando por toda la estancia, llamando por teléfono, jalándome los pelos, no sé, gritando.

Yuliet impávida.

—Ya avisé a mi padre, está muy enfermo en el hospital. Mi tío Ralph se va a encargar de todo. *He'll be here soon.*

—¿Tú te sientes bien?

—*It was an accident.*

No fue en ese momento, fue después, mientras conducía el Opel hacia mi casa, cuando me dio por imaginar lo que pudo haber ocurrido de verdad con aquella Carolina cínica, explotadora, perversa, según la definió Yuliet.

Imaginaba a las dos mujeres desnudas jugueteando en la alberca-jacuzzi, retozando. Odiándose de pronto porque Yuliet se había cansado de saberse explotada por aquella advenediza, y a quien de veras había querido era a la chica cara de ángel, maravillosa, el amor de su vida. Carolina era un simple entretenimiento sexual y bastó un detalle durante el retozo, un violento pellizco en el pezón de Yuliet, quizás una mordida o un dedo perforador en el ano para que estallara la cólera de Yuliet —ya sabes que eso no me gusta— y las manos de la agredida prendieron el cuello de Carolina la explotadora, quien debió haberse pensado, al principio del apretón, en el viejo juego de me estás ahorcando para excitarme, y mientras se excitaba Carolina manoteando, pataleando, Yuliet oprimía con más fuerza su cuello, con más violencia y decisión le hundía la cabeza bajo el agua caliente hasta que la desdichada víctima se dio cuenta de que Yuliet no quería jugar sino ahogarla, ahogarla por el impulso de un maldito odio acumulado durante meses en el corazón hacia esta hija de su pinche madre cabrona puta tortillera asesina.

Frené de golpe porque no alcancé a distinguir a tiempo el rojo del semáforo. Quedé estancado a media calle imaginando aún lo que podía haber sucedido de verdad en la burguesa residencia de Yuliet.

O no. A lo mejor sucedió lo que ella dijo: un accidente así como suceden los accidentes en una alberca-jacuzzi o en cualquier otro sitio y era mi maldita imaginación la que armaba una historia policiaca inverosímil.

Nunca supe la verdad. Nunca se publicó en la prensa ni se difundió por la televisión la muerte de una infeliz desconocida de nombre Carolina quién-sabequé.

Después de dos o tres semanas de indecisión, un martes por la noche me atreví a marcar el teléfono de Yuliet. Me contestó una voz ronca —¿sería el mayordomo Jaime?— que primero me dijo la señora anda de viaje y luego rectificó: la señora está viviendo en París.

Necesitaron transcurrir cerca de veinte años, ¡veinte años!, cuando ya trabajaba yo en el semanario *Proceso*, para saber de Yuliet. Me telefoneó y me invitó a tomar un café en el Sanborns de Insurgentes y San Antonio.

Se veía saludable, definitivamente vieja pero saludable, elegante, chic. Con detalles innecesarios me habló de su vida en el extranjero; no en París sino en una casa de campo cerca de Florencia. Había seguido cursos de literatura y filosofía —no sé dónde— y había concluido al fin su novela autobiográfica. Pera eso quería verme: para entregarme un ejemplar editado por ella misma con un tiraje de quinientos. Lo extrajo de una bolsa negra de piel. En realidad era una noveleta de ochenta páginas con caracteres de catorce puntos, sin ilustración alguna en la portada: sólo el título en letra gótica: *Mis amores*. Y su firma: Yuliet.

—Me centré en eso nada más —dijo sin mezclar ahora frases en inglés—, en mis amores. Uno por uno, algunos con un poco de ficción. Es un libro escandaloso, como ya se imaginará. Lo estoy obsequiando a gente que me interesa, como usted, aunque no rescaté nada de lo que escribimos juntos. Empecé de cero sin ayuda de nadie y se va a sorprender de lo bien escrito que está. Eso pienso y eso me han dicho algunas amigas.

—Hablas ahí de aquella chica… ¿cómo se llamaba? ¿Carolina?

Se mantuvo unos segundos en silencio.

—Por supuesto que no.

Otro silencio más largo.

La miré a los ojos cuando se libró de los lentes de sol que traía. Antes eran pardos, ahora azules. Brillaban como dos pequeñas lentejuelas húmedas.

Oraciones fúnebres

Ricardo Garibay
1923-1999

Ricardo Garibay era gruñón. Se enojaba, o se hacía el enojado a veces porque no entendía cómo tanto escritor de los pequeños o de los grandes, mexicanos o extranjeros, gozaba de la fama o de miles y miles de lectores que sus libracos no se merecían. Ricardo vivía enfurecido contra la simulación literaria, contra el desparpajo insolente, contra la mediocridad que inundaba según él la literatura de aquí o de otras partes. Se diría que ningún escritor de los de ahora lo hacía saltar de su silla de lectura. Muy pocos, o ninguno, lo maravillaban. Ricardo estaba metido en su costal y ay de los jóvenes que perseguían un elogio, un aliento, un va usted bien, chamaquito. Encerrado en una santa amargura derivada de su pasión por las letras mentía cuando descalificaba, se hacía guaje cuando arrojaba a la basura tantas novelas de hoy, o cuando cerraba los ojos para no leer lo que era sano leer. Quizá leía a escondidas. Quizá veneraba a un ciento de los que nunca supimos. Quizá abrazaba en secreto a colegas que coincidían con su amor por el estilo, con su fiereza, con su percepción exacta de lo que significa el peso específico de las palabras. Garibay era el puro estilo cuando Garibay soltaba la pluma —por decir metafóricamente pluma en lugar de máquina de escribir, o lápiz o garabateo de frases armándose a sí mismo como un poema en prosa —por decir metafóricamente poema donde debería decirse prosa a secas porque era un maestro en eso de sentir el ritmo y la dosis precisa de acción narrativa, trenzada como urdimbre en sus novelas, en sus artículos, en sus extraordinarios reportajes que nos daban a ver lo que ve el que vive —por hacer referencia al título de aquella antología de escritos para la prensa inmediata y urgente. Garibay era el oído, la reproducción a veces exaltada de una forma de hablar a diario, del coloquio vulgar registrado por él mejor, mucho mejor que por una grabadora siempre mentirosa, porque mentirosa es toda reproducción de cintas que el reportero emplea para intentar lo textual. Y no se puede, lo sabía Garibay. Jamás la grabadora alcanza a ser buen periodismo, literatura fiel, porque la literatura y el buen periodismo exigen recreación y maña de lo que oye el que oye. El que sabe oír, desde luego. Nada más. Cuando habla el Púas desde la prosa de Garibay, habla lo más sincero de lo que anhela expresar el Púas con su tartamudez, con su vocabulario enteco, con su argot reinventado en cada frase, palabra, giro, por el oído magistral de un escritor así. Garibay era el estilo, y el oído, y la serpiente imaginación surgida desde sus fieros años hasta alcanzar ese gran descubrimiento de un chamaco capaz de beber en cáliz la muerte de su padre y lanzarse entonces, sólo entonces, a crear ese gran universo narrativo legado por Garibay en sus libros-tesoro. Ricardo era también el amigo malcriado desentendido de sus personales cuates, de sus admiradores fieles, de los alumnos que tantos fuimos aprendiendo secretos de su prosa, de su aliento vital, de su manera de resoplar anécdotas, inflándolas, para volverlas, ay, literatura. Qué gran escritor se vino haciendo y se hizo para siempre este hombre enojado, falsamente difícil, en realidad tan tierno que de pronto te hablaba por el teléfono nocturno para consultar humilde —qué humilde era privadamente Garibay—, para consultar humilde una cuestión de dramaturgia, cuando le dio por escribir dramaturgia sin percatarse —le decía, y me oía Garibay— que se anticipaba imprudente al actor que ya no podría recrear un habla ya recreada por Garibay desde el papel. Imposible, Ricardo. Y en esos casos jamás se molestaba, muy diferente al de otros momentos cuando se sabía y se sentía frente a una conversación de orejas escuchando relatos imposibles, escenas de su vida con gente del poder, con importantes. Ahí, en ese foro, nos fascinaban sus berrinches, su manotear la mesa, su pedante actitud del que todo lo sabe de ese ingrato negocio de narrar y escribir. Autoritario, necio, sobrado hasta el cansancio, amargado de veras porque nunca recibió de retache el premio que tanto merecía su devoción a la palabra. Qué absurdo: no le dieron el Premio Nacional, ése que cada año entrega el presidente, cuando lo imaginábamos recibiéndolo ya, allí en Los Pinos, y devolviendo a cambio un párrafo admirable, sublime, de lo que es de a deveras la fiebre de escribir. Se entregó todo a ella, mucho más que a ninguna mujer. Desparramó su fuerza, su talento, lo derivó a su mundo de palabras con una prosa herida, desbocada, sonora de sonido, ardiendo siempre entre el oleaje de esos gallardos párrafos en contrapunto con el empeño de violentar la vida que así es la realidad del escritor. Tu realidad, Ricardo. La tuya que es ahora de todos, nos la diste. Te recordamos sí, encorajinado, con desplantes falaces de narrador maldito; pero también te recordamos riéndote o bebiendo un vino tinto, espeso, brutal como la noche inicua que te permite desamarrar la lengua porque tu lengua era también literatura. Literatura siempre. Literatura envuelta en esa fe que perdiste en tu casa de San Pedro hacia el Dios que ya nunca pronunciabas pero que compartimos sobrios en una lenta charla, ahora en tus setentaitantos años olvidada por ti, no sé, porque leías y enseñabas en círculos de estudio y en programas al aire, obsesivo, retórico, el clásico *Cantar de los Cantares* de tu *Biblia* arañada. Eras al fin un místico como el más de los místicos. Lo sabías. Y ahora lo sabes bien, muy bien, mejor: quiero creer creyendo en esa añeja fe que mamaste de niño y retomada, pienso, releyendo en silencio a esos místicos parecidos a ti en la nostalgia. Te recordamos riéndote, decía. Robándote, canalla, una botella de vodka de mi armario, un encendedor de oro de mi mesa, la figura inútil de un librero: ladronzuelo sagaz de tus amigos, de lo que eras capaz con tal de llevarte un poco de lo que escondíamos nosotros, algunos de los que siempre y siempre te quisimos aunque nos ignorabas en la vida doméstica del periodismo y la literatura. Es que te hacías el antipático, Ricardo. Te hacías odiar. Nos obligabas a hablar muy mal de ti, a mandarte al carajo por tus fatuos desprecios. Eras tan envidioso, tan vanidoso, tan cínico, tan vedet con los tuyos —nosotros— que parecía que a fuerzas de desplantes querías hacerte odiar. Y no, nunca te odiamos en serio. Te quisimos y fuimos tus lectores, admirados lectores —ya dije— absortos por tu prosa y por tu voluntad enorme de ser un enorme escritor. Eso sí que lo fuiste. Lo eres. Te quedas en tus libros y estás mejor ahí, eres ahí más accesible que en tu persona gorda de repente, arrugándose luego, sufriendo esa vejez irremediable que te hizo llegar, maldita enfermedad, maldito cáncer, a la última página. Te moriste, Ricardo. Te moriste en el aquí de ahora. Te moriste, pero mira, cabrón: entre mis cosas, te lo digo, siguen formando fila tus novelas, tus cuentos, tus memorias. He regalado muchos de tus libros y seguiré dejando que se vayan en manos de quienes deben saber quién era, quién sigue siendo Ricardo Garibay. Un abrazo. Nos vemos. Hasta pronto.

Víctor Hugo Rascón Banda
1948-2008

Víctor Hugo Rascón... Víctor Hugo Rascón Banda, corregías, para no dejar fuera el apellido de tu madre que al fin de cuentas fue quien te impulsó a la cultura. Tu padre te quería minero como él, obsesionado por encontrar una veta de oro en las montañas agujereadas de la sierra de Chihuahua. Y te hacía caminar kilómetros por la orillita de los desbarrancaderos, y pernoctar a la intemperie frente a una fogata, y soportar las cuchilladas de frío, y asustarte con el aullido de los coyotes, chamaquito que eras entonces, nos platicabas recordando ese miedo de la niñez por el rumbo de Uráchic. Tu padre te quería hombre hecho y derecho calando las rocas a golpes de zapapico, mientras tu madre te soñaba profesional y te arrimó libros como quien arrima lámparas cuando estudiabas para abogado, que se convirtió con el tiempo en tu profesión lateral. Porque te importaban más las letras en su ordenamiento literario, descubriste una tarde —y así lo confesabas ufano, Víctor Hugo— al tropezar de golpe con la dramaturgia. Llegaste al Centro de Arte Dramático que fundara Héctor Azar, allá por el 75 o el 76, vestido de traje y corbata, elegantísimo, y te presentaste en mi taller como profesor de escuela que impartía clases de Leyes utilizando pequeñas obras de teatro pergeñadas por ti mismo para explicar a los alumnos, haciéndolo tangible, qué es un juicio de amparo, o un trámite de divorcio, o una defensa jurídica. Sonrieron tus compañeros cuando pediste leer en voz alta aquellas obras didácticas. Edgar Ceballos y Jesús González Dávila cuchichearon burlones. Se le escapó una risotada a Leonor Azcárate, ¿te acuerdas? Yo me puse pedante: Aquí se viene a escribir teatro en serio, te regañé. Tú atónito, Víctor Hugo, sorprendido, rabioso mientras me oías cacarear sobre lo que era eso de la dramaturgia en serio auditada jueves a jueves, escritor tras escritor. A la sesión siguiente, y a manera de venganza, te presentaste orondo en el taller con una pieza terminada, en dos actos, sobre la maestra Teresa de la Secundaria Ocho. Luego vino tu primera gran obra, *Voces en el umbral*, seguida de una descarga incontenible de historias trabajadas ahí y en las reuniones talleriles en mi casa con un grupo de los que serían tus amigos entrañables: Sabina Berman, mi hija Estela, Juan José Barreiro, Tomás Urtusástegui… Nos sorprendía a todos tu trabajo facundo, inteligente, sagaz; tu necia preocupación por tejer urdimbres arrancadas a la propia experiencia, a "lo que ve el que vive", como decía Garibay: *Las armas blancas*, *El baile de los montañeses*, *Playa azul*, *La fiera del Ajusco*, *Máscara contra cabellera*… No acabaría nunca si me pusiera ahora a enunciar los títulos de tus obras, Víctor Hugo; a contar tus anécdotas que parecían surgir de los muros vírgenes de tu ingenio como vetas doradas de las cuevas mineras de tu padre. Me pasaría las horas explicando lo que también yo aprendí de ti: cómo hacer del lenguaje un artificio mágico para que las palabras proferidas por los personajes en el papel se convirtieran en diálogos verosímiles; cómo trenzar sin costuras la red de una estructura dramática; cómo arrancar de las biografías o de las noticias periodísticas —ya fuesen en torno a Tina Modotti, Elvira Luz Cruz o Goyo Cárdenas— testimonios perdurables de nuestro México herido. En un abrir y cerrar de ojos que terminaron abarcando treinta años o más, te convertiste en el mejor dramaturgo de tu generación. Esa que a Guillermo Serret se le ocurrió llamar la Nueva Dramaturgia Mexicana, y que gracias a ti y a tus compañeros devolvió a los escritores el lugar primigenio en el fenómeno teatral. Fuiste pieza clave en ese resucitamiento, y pese a tus disputas con los directores que trataban de hacer otras obras de tus obras, conseguiste imponer tu voz, Víctor Hugo, y ser punto de referencia para quienes se asomaban a ese infierno del teatro, como lo definió Rodolfo Usigli. No abandonaste, sin embargo, tus tareas profesionales como funcionario de Banca Cremi y como abogado particular de casos semejantes a los que escenificabas en aquellas olvidadas obritas didácticas. Te recuerdo resolviendo demandas. La propia demanda en contra tuya cuando Goyo Cárdenas se enfureció porque habías llevado a escena el expediente de sus asesinatos en *El criminal de Tacuba*. Te recuerdo también, sobre todo, auxiliando legalmente a tus amigos con una generosidad de manos abiertas. Qué escritor, qué actor, qué miembro de la comunidad teatral o cinematográfica o literaria no recibió de ti una ayuda, una recomendación, un asesoramiento gratuito. La enfermedad te cayó de repente, como un tajarrazo. Ahí estabas una tarde en mi casa, con Estela y conmigo, informándonos de un diagnóstico médico terrible. Se te aguaron los ojos. Tu corpulenta figura de orgulloso tarahumara a quien era imposible alcanzar cuando avanzabas a zancadas por las calles de Bogotá se quebró por un instante como caña de maíz. Y te levantaste a luchar contra el diagnóstico con el vigor de un muchacho. Decidiste no doblarte jamás y durante largos años, Víctor Hugo, meses y meses de soportar tratamientos agresivos de los que nunca te quejabas, continuaste trabajando con la certeza de que ahora sí, me decías, ahora sí, en tu cama de hospital con la mesita enfrente donde escribías a mano la última versión de *Cautivas*, ahora sí voy a salir de ésta, ya verás. Te exigían tranquilidad y descanso y trabajabas más. Siempre de aquí para allá en congresos, festivales, negociaciones para favorecer a escritores. Y recibías premios, aplausos, homenajes. Y entraste en la Academia Mexicana de la Lengua: el mayor reconocimiento de mi vida, me dijiste, ya cerca del final. El último guadañazo de la muerte resultó definitivo. Ganó la enfermedad, Víctor Hugo. Te venció mientras nadabas a contracorriente en un mar embravecido como si fueras a salvar a un náufrago. Náufrago tú mismo, Víctor Hugo. Tú mismo rescatado para la eternidad luego de una vida de escritor que dejó para la historia de nuestro teatro un ejemplo de tenacidad y lucidez. Tú mismo llegaste a ser esa veta de oro que buscaba tu padre en las minas inhóspitas de la sierra de Chihuahua. Al fin la encontró él. Al fin la encontramos todos.

Miguel Ángel Granados Chapa
1941-2011

Fuimos un tiempo, un poco, como hermanos, si por hermandad se entiende una amistad a prueba de tropiezos y no esa misteriosa identidad de sangre que evoca y equivoca los años vividos en familia, los juegos que jugamos cuando niños, los padres compartidos, la misma educación, la misma mesa, igual dolor cuando mueren papá, mamá, nuestra hermana mayor y se abre la distancia inevitable que triza aquella vida cotidiana para dejar tan sólo los recuerdos grabados en color o en blanco y negro en un álbum de fotos.

No fuimos hermanos en la sangre Miguel Ángel Granados Chapa y yo. Eso es lo que quiero decir. Fuimos hermanos, sí, por algún tiempo. No demasiado tiempo, ni siquiera dos lustros. Pocos años, muy pocos, pero intensos porque vivimos, compartimos, la prisa periodística del *Excélsior* de Scherer.

Él era originario de Pachuca, hijo de un umbroso ejidatario, parece que cabrón, y de una maestra milagrosa que lo cuidó a cabalidad: doña Florinda. Mucho tardé en saber los avatares que tuvo que vivir para llegar a ser quien era cuando lo conocí. Nunca hablábamos de eso. No era tema de plática de un hombre misterioso de por sí.

Ya andaba de barbón cuando llegó de pronto a la oficina donde yo trabajaba: una pelambre espesa que le cubría los pómulos. Alguna vez después —dicho sea entre paréntesis— Jesús Reyes Heroles, don Jesús, le preguntó en una comida: ¿Sabe a quién me recuerda usted con esa barba? Y respondió el propio don Jesús con risa socarrona: A Guisa y Azevedo. No sé quién recuerda ahora a Jesús Guiza y Azevedo, que en el año cincuenta y seis ocupaba la primera silla de la Academia Mexicana de la Lengua y que se había ganado fama de escritor derechoso. Por eso Miguel Ángel entendió la pulla como ofensa. Me llamó derechoso, se quejó conmigo cuando abandonábamos el restorán. Te lo dijo nada más por la barba, le repliqué para calmarlo. Me llamó derechoso, conservador, insistió con vehemencia y no escuchó razones para cambiar de idea, terco y susceptible como era.

También Julio Scherer lo instaba a rasurarse: La barba lo envejece, no crea que lo embellece, licenciado, le decía a cada rato. Pero Miguel Ángel contreras la conservó por siempre: negra y poblada, sin *filing*, hasta que se le fue encaneciendo como la de un santaclós prematuro. La volvió imprescindible, imagen significativa de su personalidad.

De igual modo lo distinguía ese andar siempre de traje y de corbata, fuera cual fuera la ocasión: correcto y elegante, limpísimo el calzado. Me gustaría verte alguna vez de chamarra, ¡carajo!, lo fustigaba yo. No puedo darme ese lujo, respondía, no soy como tú: zaparrastroso, quiso decir tal vez.

La gestualidad era otro sello peculiar: ese ademán de poner el pulgar en escuadra con el índice enmarcando su rostro como si le pesara, o el índice picando de continuo el puente de sus lentes en algo semejante a lo que podría ser un tic.

Para sus fieles radioescuchas su voz, rumiada y espesa, con pausas demasiado prolongadas de quien piensa y duda mientras habla, lo hacían localizable de inmediato al sintonizar Radiounam.

Poco reía Miguel Ángel, jamás a carcajadas, poco sí en esos viejos tiempos cuando iba a comer y a beber tragos con Hero Rodríguez Toro, con Ricardo

Garibay, con Miguel López Azuara o Samuel del Villar.

Era un lector fanático de Garibay, solamente Julio y él soportaban a Ricardo de tan chocante y repelón que era, y aprendió de Ricardo a ejercer la ironía y el sarcasmo feroz contra propios y extraños, otro rasgo febril de Miguel Ángel.

Le gustaba la música. Se sabía de memoria baladas y boleros. Los Diamantes, Los Panchos, María Greever. No era en el fondo-fondo tan solemne como todos creíamos y en lo oscuro vibraba con latidos de llanto un corazón de niño castigado.

Su dotada memoria, de saberse los nombres con sus dos apellidos, de recordar las fechas, de ubicar los sucesos, lo que hizo éste o aquél en el pasado —ya lo han escrito todos sus amigos— sólo era comparable para mí a la de Juan José Arreola el taumaturgo.

A veces, en *Proceso*, Miguel Ángel dictaba sus artículos a la añorada secretaria Elena Guerra con puntos y con comas —"eso debe ir con altas"— sin distraerse un gramo a pesar de los ruidos y del trajín reporteril. "Habla como escribe y escribe como habla", dijo en una ocasión Ricardo Rocha. Con la fluidez de un notario, me atreví a criticarlo yo, pero con extrema precisión, con asombrosa coherencia —no en balde fue académico de la lengua—, sin necesidad alguna de colores y calores o metáforas. Su estilo periodístico era el ir a lo que iba en párrafos medidos con claridad de profesor estricto. A nadie zahería con epítetos ruines; a sus más criticados respetaba. Y aunque uno hubiera querido una pizca quizá de desenfado, de juego literario, de libertad verbal, él prefería seguir en línea recta fiel a su imagen y a su personalidad. El estilo es el hombre y él era así: empecinado y frío.

Cierro por fin este largo paréntesis y vuelvo a lo que estaba diciendo:

A nombre del señor Julio Scherer García, Miguel Ángel llegó por la mañana a un tercer piso de la calle Morelos esquina con Balderas donde yo trabajaba en *Claudia*, una revista femenina que me permitía vivir, económicamente hablando. No me iba mal. Estaba bien. Tenía una paga suficiente. No sé qué tanto Miguel Ángel habló con Julio Scherer, ignoro qué tanto razonaron o dijeron, el caso es que les dio por hacerme caer en tentación para que yo me fuera lo más pronto posible a la cooperativa *Excélsior*. No como articulista de planta, desde luego —tuve que escribir artículos después para completar el sueldo— ni como reportero de cultura o espectáculos con Deschamps o Ricardo Perete. Me querían para un trabajo descomunal, pensé: echar a andar la enésima restructuración de *Revista de Revistas*, el semanario que dirigió don Rafael Alducín antes de fundar *Excélsior*. Ciertamente era un toro difícil de lidiar —habría dicho Carlos Septién—, pero significaba para mí, sencillamente, hacer periodismo en serio.

Acepté de inmediato —con jaloneos de mis jefes de *Claudia*— y corrí a Reforma dieciocho a elaborar el proyecto de esa *nueva Revista de Revistas*, como dimos en llamarle para que fuera nueva de verdad.

Pero en Reforma dieciocho no había oficina alguna, ni siquiera un rincón o un escritorio para mí. ¿Dónde diablos trabajo?, le pregunté a Granados. Me informó que estaban por remodelar oficinas para el semanario en el edificio de junto, al lado de las que ya tenía Octavio Paz en su *Plural*. Pero ahora ¿en dónde?, insistí. Y como no había manera de encontrar un espacio, Miguel Ángel me prestó sin reparos su propio escritorio. Ahí trabajaba él en las tardes y las noches en vecindad con Miguel López Azuara. Ambos eran responsables de las páginas editoriales del periódico desde que Julio Scherer subió como director. Su lugar era un ceñido doble piso al que los reporteros llamaban —con insidia— "el tapanco de los enanos" —no eran tan chaparros para merecerlo—, o "el tapanco de los Migueles", en su versión menos burlesca.

En aquel escritorio preparé dos meses mi proyecto y él me coucheaba: que sí, que no, que lo demás. Él, que corregía los artículos ajenos y que escribía con impersonalidad los editoriales del periódico —porque los editoriales deben ser impersonales, era el código, el mandato—, hizo de ese estilo el propio estilo del diario y a la vez, un poco, pienso, su propio estilo personal. Él, Miguel Ángel, con su experiencia, supo qué articulistas recomendarme para el nuevo semanario. Que Eduardo Lizalde, llámalo, que Luis González de Alba, que el dominico Tomás Gerardo Allaz —la única persona que se asomó de veras a sus entrañas.

Miguel Ángel, pues, llegaba por la tarde a su escritorio, cuando yo ya no estaba o a veces más temprano si el director lo urgía. Julio depositaba en él su absoluta confianza. A veces lo asediaba: "Usted será, licenciado, el director de *Excélsior* cuando yo me retire".

Poco a poco nos volvimos amigos cuando aquella *Revista de Revistas* comenzó a funcionar. Le consultaba todo. Cada número pasaba por sus ojos y sus juicios funcionaban casi siempre como la última palabra.

Comíamos con Garibay o cafeteábamos en el Palermo de la calle de Humboldt pero sin abrirnos el alma de no ser en temas de la fe religiosa. Él ya iba de salida. De aquellos devaneos con la democracia cristiana se fue volviendo agnóstico y agnóstico murió hasta donde yo alcanzo a suponer.

Entonces vino el golpe de *Excélsior*. Miguel Ángel recelaba y celaba a Regino, gran amigo de Julio, pero nada ni nadie podría detener la traición porque el duro trancazo llegó de presidencia. Tiempo después lo comenté con Julio. ¿Por qué Regino, Julio? ¿Era tu amigo, no? La traición sólo viene de amigos, respondió Julio Scherer. El crimen que llega desde afuera no es traición. Ahí está Judas con Jesús, ahí están Bruto y Julio César.

Cuando aún no veíamos el futuro y *Excélsior* se cimbraba en el acoso, teníamos la esperanza de vencerlos en aquella asamblea que se ideó para echar al director. Nos preparamos dizque bien, con reuniones continuas de escritores de la sección editorial en casa de Manuel Pérez Rocha o en la mía o en la de otros, o en la del mismo Miguel Ángel allá en Adolfo Prieto con Isabel y sus hijos revoloteando en los muebles. Enrique Maza. Paoli. Ibargüengoitia. Raquel Tibol. Se proponían estrategias mientras él informaba de la invasión golpista de falsos campesinos a Paseos de Tasqueña, de los ardides ocultos de Regino y los suyos, de Echeverría detrás, siempre detrás, es decir: por delante.

Teníamos una carta para hacerlos pedazos: Miguel Ángel. Él hablaría por todos ante los cooperativistas y con su verbo y su razón delataría la trampa. No se pudo. Ni siquiera lo dejaron pronunciar las primeras palabras de un discurso. Y salimos de aquella ratonera, el salón de talleres. Ya sentimos, carajo, nuestra casa tomada. Golpeadores. Sicarios. Policías disfrazados.

Fue entonces, al rato, cuando en ese despacho de Julio atiborrado de fieles, alzó su voz en grito Miguel Ángel: "Que cada quien asuma su responsabilidad —rugió—. Yo la asumo y me voy."

Nos fuimos todos de Reforma dieciocho para siempre.

Vino después la gesta de *Proceso*. Me limito a glosarla como la gran revancha contra el poder. La valentía de Julio, su osadía, fue secundada y exaltada por el tozudo Miguel Ángel. Mi amistad se acendró con él, como con Julio, hasta llegado el momento —seis meses funcionando la revista— en que el brazo derecho de quien era algo así como una metáfora del padre, el padre que no tuvo en su niñez, decidió separarse para seguir, enteramente huérfano, la propia vida suya.

Yo me enojé, me resentí, y dejamos de hablarnos, frecuentarnos, durante poco más de treinta y cinco años. Su vida cada quien por diferentes rumbos aunque igual convicción: una misma y secreta coincidencia del ser y del hacer.

Me enorgullecían sus éxitos en dondequiera que impuso su presencia: *Cine mundial*, *unomásuno*, *Siempre*, *La Jornada*, otra vez en *Proceso*. Me dolían sus deslices: el querer llegar a ser gobernador, que no lo fue para salud de todos, o el olvidar de pronto legados primeros o postreros de su mentor profesional. Pero se impuso a golpes de trabajo la coherencia: su tesón, su lucidez, su convicción de que él era, antes que nada, un líder de opinión. Lo admiré sobre todo cuando ganó por fin su libertad total que lo hizo depender tan sólo de sí mismo.

Por eso lo acosaron reflectores, premios, entrevistas, homenajes. Por eso se ha escrito de él en todas partes. Por eso estamos aquí valorando esa larga batalla del periodista, el escritor, el analista político, el maestro. Hombre como el que más, amigo para mí, hermano en esos ya lejanos desgarres de mi vida.

Ésos que hoy me hacen recordarte y despedirte, Miguel Ángel —en el retortijón frente a la muerte—, con ese verso de Miguel Hernández que me suena a epitafio: Compañero del alma, compañero.

El casillero del diablo

Uno

—¿Tú crees en el diablo? —me preguntó Fernando Zamora mientras tomábamos tragos en el bar Janis junto con algunos compañeros del taller "Sólo los jueves".

Sonreí.

—¿Crees en el diablo? —me volvió a preguntar.

Fernando Zamora era un cuarentón creyente. Además de haber escrito dos magníficas novelas, de haber obtenido maestrías en cine y en literatura y de impartir clases en algunas universidades de Estados Unidos, había estudiado teología en la Pontificia Universidad de la Santa Cruz de Roma y ahora publicaba críticas de cine para el suplemento cultural del periódico *Milenio*.

—¿Por qué me lo preguntas?

—Porque me interesa saber del diablo, nada más.

En esa charla y en otras remití a Zamora a un libro que en 1999 publicó mi querido amigo Enrique Maza, jesuita. Se llamó precisamente *El diablo. Orígenes de un mito*. El breve discurso de Maza (112 páginas) arranca con el "nacimiento" del diablo en los libros del legendario Henoc. Este Henoc, durante sus viajes por los siete cielos, descubre a los ángeles buenos y se entera de la caída de los ángeles rebeldes convertidos en demonios y lanzados al infierno, un infierno creado especialmente para ellos.

—Lucifer a la cabeza, ¿no? De algún modo esto se cuenta luego en el Apocalipsis y Milton escribe su gran poema *El paraíso perdido*.

—Según Maza, desde luego, todo eso es fantasía, alegoría, ficción. "El diablo sólo puede ser un símbolo del mal, una abstracción o, si se quiere, una personalización simbólica del mal, no es un ser personal. No sólo no tiene las características que constituyen a la persona, sino que es la negación y la destrucción de esas características, en una contradicción viviente que no puede ser sino una figura simbólica, una comodidad literaria para darle un nombre manejable a una abstracción: el mal."

—¿Y qué es el mal?

—El mal radica, sí, en la falta de amor al prójimo, pero es un amor visto en la línea de la realización de la justicia social. "El hombre ha de considerarse el único responsable ante la historia, sin atribuir a Dios o al demonio lo que es una historia suya, personal. La historia es del hombre, no de Dios, es su tarea, no la tarea de Dios; es la creación de su libertad, fruto de su amor o de su odio, de su justicia o de su injusticia. Es el dominio lúcido del hombre. Ahí no cabe el demonio que le disputa al hombre su libertad y su misión. Si no tiene sentido la intervención de Dios en la historia, menos lo tiene la injerencia del demonio."

—Y qué dice tu amigo de las posesiones diabólicas.

—"Es explicable que se creyeran esas cosas en el reino de los persas y en la Edad Media, cuando no había otra explicación. Hoy las ciencias del hombre, la psicología, la psicopatología, explican perfectamente todos esos fenómenos. Si no se trata de una enfermedad, se trata de una contradicción al amor porque la posesión diabólica hace del hombre un instrumento involuntario del odio. ¿Dios manda el amor y permite que una fuerza sobrenatural de odio se apodere del hombre, lo esclavice y lo obligue a hacer actos de odio?... Dios sería entonces un payaso cruel y pretencioso que se divierte destruyendo sus juguetes y se ríe causándoles sufrimiento y terror. Seguir hablando de posesión diabólica es seguir aterrorizando a los hombres con fuerzas lóbregas, que sólo los sacerdotes pueden controlar, para obligarlos por el terror a ser buenos. El dios que corresponde a esta concepción es sólo un instrumento sádico del poder humano para controlar conductas en una religión mágica contraria a las enseñanzas de Jesucristo."

—Pero en los evangelios Jesús se enfrenta a los demonios, digo. Discute con ellos, los maldice, los expulsa.

—"Los relatos evangélicos de posesiones diabólicas y de expulsiones son simbólicos. El cuerpo, en la concepción judía, es lo que da presencia en el mundo al espíritu y le permite operar. Cuando el espíritu se vuelve el mal, el cuerpo queda poseído por esa maldad. Ese hombre tiene un espíritu de maldad… Jesús viene a ofrecer el reino. No lo impone. El amor y la vida que de él se derivan no se imponen, sólo se ofrecen, porque son gratuitos. En cambio, el mal impone su reino de odio y su dominio de muerte. A ese mal le llamamos demonio, el diablo que se apodera de nosotros, el mal que se escoge y posee. El amor libera, el mal somete, se posesiona, domina."

—¿Y los demonios concretos con que se enfrenta Jesús? Las tentaciones. La legión de diablos a los que lanza a una piara de puercos. ¿Son simbólicos? ¿Son metáforas, alegorías?

—Sí, lo son. Y narradas por evangelistas, no por Jesús. Lo que hace Enrique Maza es analizar evangelista por evangelista en relación con el tema y explicar las anécdotas tomando en cuenta el estilo literario y el propósito a seguir en la época en que fueron escritas.

—Analizar su simbología, dices. Trata de desmontarlas, de traducirlas.

—Sí, porque son simbólicas. No hay de otra. Eso dice el libro de Enrique Maza.

—Me gustaría echarle un vistazo. No estoy muy convencido de lo que me explicas.

Dos

—Cuando por fin apareció *El diablo. Origen de un mito* después de tres años de preparación, Enrique nos invitó a Carlos Monsiváis y a mí a presentarlo en una sala repleta de la Casa Lamm. Yo leí unas cuatro páginas felicitando a Enrique por razonar lo que siempre hemos creído o intuido creyentes y agnósticos: que Satanás es un mito, no un ser personal.

—¿Y Monsiváis?

—Él se salió por la tangente. Traía un bonche de hojas escritas a lápiz, llenas de tachaduras, revueltas: saltaba de una página a otra porque al parecer no había tenido tiempo de pasarlas en limpio. Sentía nostalgia por el diablo —dijo—, el diablo de la *Divina comedia* de Dante, el Mefistófeles de Goethe, el de Bulgakov, el de Bernanos. Le lastimaba que se dijera que el diablo no existe cuando ha sido un personaje tan importante de la literatura universal y hasta del cine. El texto de Monsi, según yo, parecía bien documentado pero era una improvisación redactada al cuarto para las doce. No me gustó.

—¿Y cómo reaccionó la gente durante la presentación?

—Se hicieron muchas preguntas, muchísimas, que Maza respondió con facilidad e inteligencia. Dominaba el tema.

—Me imagino que algunos no estarían de acuerdo con su tesis.

—Cuando le preguntaron sobre la práctica del exorcismo, él relató una anécdota que incluía en el libro: su experiencia personal en Ohio en 1961 con una niña de nueve años a la que sometieron a un tormento espeluznante.

—¿A tu amigo lo llamaron para exorcizarla?

—Sí, porque la niña confesó que fue el diablo quien le ordenó cometer sacrilegios con la hostia consagrada. Enrique contuvo la ira de los feligreses linchadores y en vez de exorcizarla los convenció de que la chiquilla no tenía el diablo dentro: sufría una crisis histérica por los maltratos continuos de su madre; trataba de vengarse. También se discutió durante la presentación del libro sobre las alegorías, sobre los mitos, sobre las diferencias entre el mundo simbólico y el real, hasta sobre el fenómeno de la transustanciación que, asunto de fe, convierte la hostia y el vino, durante la consagración, en el cuerpo y la sangre de Cristo. Yo me atreví a responder, con escándalo, que la transustanciación era una metáfora poética, una metáfora bellísima de la misa, sólo eso. Ahí se terminó la reunión.

—No era para menos.

—Al día siguiente, un amigo sacerdote me telefoneó para decirme, bromeando, que esa misma noche el diablo en persona iba a llegar a mi cama para jalarme de las patas.

—Me imagino que el libro se vendió muy bien.

—Se agotó la edición de mil ejemplares en un par de años aunque no recuerdo que se hayan publicado reseñas en los periódicos, quizás una o dos. La polémica se produjo más bien en algunas organizaciones católicas tradicionales y en los medios clericales. Le tundieron a Enrique Maza, primero porque no tenía esa autorización eclesiástica para los libros de teología escritos por sacerdotes…

—El *Imprimatur*, el *Nihil obstat*.

—Que ya no se le pide a nadie, creo. Y luego por su increencia radical en el diablo como eso, como ser personal. Le tundieron durísimo y hostigaron a la Compañía de Jesús.

—¿Los propios jesuitas se lanzaron contra tu amigo?

—No tanto, ya ves cómo son los jesuitas de comprensivos. Los provinciales de la orden empezaron defendiéndolo: Mario López Barrios y Juan Luis Orozco. Incluso nombraron a un grupo de teólogos para que analizaran el libro desde el punto de vista doctrinal y no lo consideraron herético, hasta rindieron un informe positivo, sesudo. Pero no sirvió para nada. Tuvo que intervenir el propio general de los jesuitas en Roma.

—El padre Arrupe, que era muy manga ancha, según decían.

—No, el padre Arrupe había muerto desde el noventa y uno, en tiempos del papa polaco. El general de la orden era ya un alemán: Hans Kolvenbach, que no soportó las presiones en el Vaticano de la Congregación para la Doctrina de la Fe, como se llama ahora la Inquisición.

—En tiempos del Concilio, con Ottavianni, se llamaba el Santo Oficio, ¿te acuerdas?

—Ahora le pusieron Congregación para la Doctrina de la Fe, como para suavizar el término, aunque siguió siendo igual o peor de implacable en el papado de Juan Pablo Segundo. La dirigía Ratzinger, el que sería luego Benedicto Dieciséis, o Nosferatu Dieciséis, como lo apodaba Ignacio Solares por su facha de vampiro ambulante. Ese Ratzinger terminó firmando una carta terminante contra Enrique Maza en que le pedía, además de una retractación pública, la inmediata destrucción de los ejemplares del libro. Ignoraba el pobre que *El diablo* ya no circulaba y que los editores de Océano no tenían planeada una segunda edición por motivos simplemente comerciales, porque pensaban que *El diablo* ya había agotado sus posibilidades de ventas. Así son los editores, ya los conoces. Nada sabían del escándalo entre sotanas mantenido con absoluta discreción.

—Con que se destruyera el libro, el Vaticano ya no tendría el problema de excomulgar a tu amigo.

—No. Seguían pidiendo una retractación pública. Y obedecer además una serie de condiciones que el general de la *Curia Generalizia della Compagnia di Gesú*, en Roma, le enunció por carta a Enrique Maza.

—¿Cuáles condiciones?

—Reconocer que el libro contiene afirmaciones que no corresponden con la Doctrina de la Fe. Afirmar explícitamente el ser personal del demonio y su influjo negativo en la historia humana. Afirmar la fundación de Jesús de la religión católica y su función salvadora universal. Afirmar el núcleo histórico de la expulsión de demonios en los evangelios. Y otras declaraciones del libro consideradas heréticas.

—Y qué hizo tu amigo, ¿se retractó?, ¿lo excomulgaron?

—Lo que hizo finalmente Enrique Maza fue no responder a la Congregación de la Doctrina de la Fe. Dejó pasar el tiempo.

—¿Cuánto tiempo?

—No contestó nunca a esa admonición, como si no la hubiera recibido. Así de simple.

—¿Y sus superiores?, ¿El general, el provincial de los jesuitas?

—Se quedaron también calladitos, al parecer, y el asunto quedó flotando en el papeleo y la burocracia del Vaticano, que debe ser tan desordenada como cualquier burocracia. Seguramente están repletos de casos semejantes por resolver que se quedan pendientes por ahí: denuncias contra posibles apóstatas, acusaciones a los teólogos de la liberación, condenas a sacerdotes casados, qué sé yo.

—Para mí que el diablo debe andar por ahí, atizando el *totum revolutum* de los archivos del Vaticano —sonrió Fernando Zamora—. El diablo nunca duerme y trabaja para lo que le conviene. Para que sigan creyendo en él, diga lo que diga tu amigo.

—¿Eso piensas?

Fernando Zamora encendió un cigarrillo. La punta se encandeció, como si proviniera del infierno.

Tres

Como solía ocurrir de vez en cuando, Fernando Zamora se ausentó del taller durante una larga temporada. Se fue a impartir un curso de filosofía en Memphis, me informó Hugo González Valdepeña. Pero volvió, como siempre, con el borrador de un guion de cine que ocurría en El Vaticano: el juicio secreto a un polémico personaje de la Iglesia que parecía inspirado en Marcial Maciel.

Recuerdo los detalles porque una semana después del regreso de Zamora visité la librería Verbum, especializada en libros religiosos, para comprar un par de volúmenes de la *Biblia de América*, una versión de la célebre *Biblia de Jerusalén* pero redactada en el español de nuestro continente, sin el molesto uso del "vosotros" y los "íos" e "íais" que nos obligan a soportar las traducciones al español de España. En el momento de pagar en la caja, me sorprendió un pequeño folleto esparcido en el mostrador, como publicidad. Anunciaba el Décimo Congreso (en realidad un cursillo) de Exorcistas y Auxiliares de Sanación, Liberación y Expulsión de Demonios, autorizado —según el folleto— por el cardenal Norberto Rivera Carrera, arzobispo primado de México.

Si no se tratara de una invitación formal, solemne, pensaría en una broma o un anuncio de película tremendista. Qué pensaría Enrique Maza, santo Dios. ¿Todavía existen y se promueven esas patrañas exorcistas en nuestra Iglesia?

Pues sí, por lo visto. El objetivo del congreso consistía en *proporcionar a sacerdotes y laicos los conocimientos básicos, bíblicos, doctrinales, teológicos, normativos, litúrgicos y experienciales necesarios para un correcto ejercicio de este ministerio de sanación y liberación como parte de la acción ordinaria de la Pastoral de Evangelización, y para que obtengan así los sacerdotes, no exorcistas, los criterios de discernimiento para atender de primera instancia a tantos feligreses que, con reales o supuestas posesiones o influencias demoníacas, buscan ayuda y consuelo, y puedan atenderlos correctamente y sólo envíen al exorcista oficial los casos más difíciles de discernir.*

No disminuía mi sorpresa.

El folleto detallaba algunos de los temas a tratar en el cursillo:

El R.P. Paolo Carlín OFM, capuchino, disertaría sobre *El diablo, realidad o superstición*; *El maligno, fuente de todo mal*... El R.P. François Dermine OP, sobre *La fenomenología de la presencia diabólica y su discernimiento*; *Riesgos y errores relativos al exorcismo, como los de interrogar al demonio*; *La superstición, la magia y lo diabólico.*

Otros hablarían de *La existencia del diablo en el Antiguo y Nuevo Testamento* (monseñor Florencio Armando Colín), *Las últimas enseñanzas del magisterio de la Iglesia sobre la existencia del diablo y el exorcismo* (Dr. Miguel Ángel Flores Ramos), *El poder y las limitaciones de los demonios* (P. Luis Marañón). Etcétera.

El curso ocuparía tres días y era exclusivo para sacerdotes "con licencias vigentes para ejercer este ministerio", pero también se admitía a laicos con carta de recomendación de un sacerdote experto "en este ministerio". Con comidas para tres días costaba cuatro mil ochocientos pesos por persona en cuarto individual, y cuatro mil cuatrocientos en cuarto doble. El lugar: la Casa Xitla, en calle del Convento 37, Barrio Santa Úrsula Xitla en la Delegación Tlalpan.

Un jueves, dos días después de mi visita a la librería Verbum con mi increencia en el diablo vapuleada, herida mi fe, leí y comenté a mis compañeros del taller el folleto del escandaloso cursillo. La mayoría lo consideró un asunto intrascendente, una muestra más —dijo Eduardo Iribarren— de lo retardatario de la Iglesia.

Fernando Zamora alzó la voz:

—Yo me apunto.

—A qué.

—Yo me apunto.

—¿A qué te apuntas?

—Al curso de exorcistas.

Se oyeron risas.

—Es solamente para curas —advirtió Diana Benítez.

—No. Ahí dice que admiten laicos con recomendación. Yo tengo un par de amigos en la Arquidiócesis, seguro me apoyan. El padre Gracián Montero estuvo conmigo en Roma.

No se habló más del asunto porque a Victoria Rocca le correspondía leer en la sesión de ese jueves un nuevo capítulo de su novela sobre la geisha. Y ahí murió el tema.

Cuatro

Por Cecilia Pérez Grovas supe después que Fernando Zamora había conseguido fácilmente la autorización para asistir al curso gracias a ese tal Gracián Montero, preceptor en la Universidad Pontificia de la Santa Cruz, y durante tres días de agosto de 2013 se internó en la Casa Xitla de Tlalpan en una habitación para dos personas por las que cobraban cuatro mil cuatrocientos pesos con todo y comidas.

Busqué a Fernando una semana después para que me platicara su experiencia con los exorcistas pero no lo encontré ni en su correo electrónico. O se hallaba en Cuba, en uno de esos cursos de cine en San José de los Baños que solía impartir, o me estaba rehuyendo. Qué ingrato. Sabía que yo ardía en curiosidad y me ignoraba: tal vez por eso, porque yo no creía en el diablo y a él lo convencieron durante el congreso. Con suerte se dio cuenta de que aquello era una celebración más de la iglesia conservadora y se escapó de la Casa Xitla luego de las primeras sesiones. No sé.

Por fin, a mediados de septiembre me telefoneó a mi casa y quedamos de vernos en el bar Janis un miércoles por la tarde.

Lo noté extraño, escurridizo, con un moretón en la frente causado por un tropiezo absurdo al bajar de su auto, según me explicó.

Empezó con rodeos, saliéndose por la tangente. Sí, había estado en el cursillo de exorcistas durante tres días. No le fue fácil llegar a la Casa Xitla, de noche y bajo la lluvia, porque al llegar a las Fuentes Brotantes tomó rumbos equivocados en el enredijo de calles y callejones de ese barrio de Tlalpan que desconocía por completo. La casa y las habitaciones le parecieron aceptables. No tan cómodas como las de la Pontificia de la Cruz o la Residencia Universitaria de Madrid a donde se hospedó durante un curso de cine de la Fundación Carolina. Lo ubicaron en un cuarto doble, austero como una celda conventual, con un cura ensotanado que no se desprendía de unos lentes oscuros impenetrables y se mantenía en silencio: sólo murmuraba buenos días, buenas noches, que descanse. A la hora de los alimentos se situaba en una mesa apartada, sin compañía. Luego deambulaba por pasillos y patios hundido en sus meditaciones con la cabeza gacha. No asistía a las misas, no participaba en las discusiones ni hacía preguntas a los ponentes. La verdad, un tipo extraño —subrayó Zamora—, con el que pude hablar largamente, por fin, la última noche del curso.

—¿Pero y las conferencias qué tal? —lo interrumpí porque sólo parecía interesado en el vejete de lentes oscuros.

—Largas, reiterativas, ya te dije. Demasiada insistencia en los demonios del nuevo testamento, en las supersticiones sobre el diablo, las misas negras; nada que no supiéramos el común de los creyentes.

—Se habló del exorcismo, desde luego.

—Lo más interesante para mí —dijo Zamora— son las diferencias que la Iglesia establece entre la influencia demoniaca que puede sufrir una víctima y la posesión demoniaca. Son los dos niveles en los que opera el demonio.

—¿Y cómo detectan la influencia demoniaca?

—Es la experiencia de sentir al maligno.

—¿Y en qué diablos consiste sentir al maligno?

Zamora sacó de su chamarra una libretita negra, Moleskine, y leyó sus apuntes:

—Consiste en escuchar voces, en observar siluetas o sombras, en padecer enfermedades que no logran diagnosticar los médicos, en ver que se aparecen personas ya muertas.

—Eso es puro material psiquiátrico.

—La posesión demoniaca es más complicada y más grave —siguió leyendo en su libretita—. Los síntomas más evidentes son, según los expertos: hablar en latín cuando no se sabe latín, tener una fuerza bruta capaz de romper cadenas, saber lo que sucede al mismo tiempo en otro lugar, sentir aversión por lo sagrado.

—Según eso, sólo a los creyentes se les puede meter el diablo.

—Eso le pregunté al padre Dermine y me contestó que estrictamente sí, pero no siempre. Al demonio no le interesan los ateos porque ellos ya están ganados para su causa.

—Uy, qué fácil.

—No te rías, carajo, la explicación es más complicada.

—Tus conferencistas viven en el pasado pasadísimo, Fernando, con ganas de mandar a la hoguera brujas como las de Salem, ¿te acuerdas de la obra de Miller? O la famosa madre Juana de los Ángeles.

—En el congreso no se habló de brujas, que al fin de cuentas pudieron ser simples endemoniadas.

—O no.

—O no, por supuesto, claro.

—Y ahora, en lugar de mandarlas a la hoguera las exorcizan.

—Para eso existe el exorcismo moderno. Así lo entienden ellos.

—¿Y cómo lo aplican?, ¿te enteraste?

—Según el padre Dermine, lo primero que necesita averiguar el exorcista es el nombre del diablo que posee al endemoniado. Se le debe preguntar su nombre porque hay miles: Belcebú, Baal, Mefisto, Arimán… Miles, toda una legión. Averiguar su nombre pero no someterlo a un interrogatorio ni discutir con él. Solamente enfrentarlo con agua bendita y crucifijos y todas las oraciones que ya existen desde hace siglos en la liturgia del exorcismo.

No pude disimular una nueva risita irónica. Más que un informante, Fernando Zamora me pareció de pronto un convencido de lo que había escuchado en el cursillo. Se lo dije:

—Terminaron convenciéndote, Fernando. Nunca quisiste leer el libro de Enrique Maza.

—No me lo prestaste.

—Te lo ofrecí y te valió madre su tesis: el diablo como símbolo del mal; sólo eso: un simple símbolo del mal.

—Según los conferencistas, el hecho de que el diablo sea un símbolo del mal no quita que también sea un ser personal: Lucifer. El Luzbel arrojado a los infiernos por el arcángel. Ni tú ni Enrique Maza creen en eso, ¿verdad?

Me puse chacotero, chocante:

—En los únicos diablos en los que yo creo son el Diablo Montoya, el jardinero derecho de los Diablos Rojos del México de los años cincuenta, yo era su fan; en el Brujo Rossell; en el Diablo Gutiérrez, un amigo de la preparatoria del Cristóbal Colón; en los Diablos del Toluca que ya no le ganan ni al Atlante.

A Fernando Zamora no le hizo gracia mi chacota. Endureció el gesto. Se sobó con la derecha el moretón de su frente y bebió un trago del tinto que nos habían servido en el Janis. Hasta entonces habló, con lentitud, calibrando las palabras, algo insólito en él:

—Más que del cursillo ese, que la verdad me pareció… me pareció farragoso, insisto… poco convincente, superficial… no sé… de lo que te quiero platicar es del compañero con el que compartí mi celda.

—El vejete silencioso de los lentes oscuros.

—No era un viejo, era un hombre cincuentón…

—Entendí mal.

—Durante la tercera noche, la última, cuando yo dormía profundamente me desperté de golpe. El ensotanado había encendido la lámpara de su mesita y estaba sentado en la cama, en calzoncillos. Traía grabado en el pecho un tatuaje rarísimo que no alcancé a distinguir bien: varias figuras en rojos y negros como amontonadas: un sapo, los cuernos de un toro, un trozo de calavera y varias frases en latín por aquí y por allá; rarísimo el tatuaje, malhecho, corriente. También se había quitado los lentes oscuros y en sus ojos, en la zona blanca de los ojos, se veían manchas rojas como venas reventadas. Fue de eso de lo primero que me habló: de una enfermedad de la córnea al parecer incurable.

—Conjuntivitis.

—Algo más complicado. Lo operaron varias veces en el Hospital del Conde de la Valenciana, pero se le quitaban las manchas oculares y volvían a aparecer. No le entendí bien, porque se tropezaba con su lengua. Por eso usaba lentes oscuros, para no mostrarse tan monstruoso como yo lo veía ahora, me dijo. Todo era consecuencia de una quemadura espantosa causada por un soplete y rebabas de soldadura cuando trabajaba de herrero con su padre, ahí muy cerca del Callejón de los Sapos en Puebla.

—¿No decías que era sacerdote?

—El herrero era su padre, él lo acompañaba como aprendiz. Le sucedió de chamaco, hacía muchos años. La quemadura le produjo después esa enfermedad de los ojos incurable durante toda la vida. Hubieras visto esos ojos, impresionantes, inyectados de sangre.

—Como carbones encendidos del demonio.

—Yo pensé en eso de momento, aunque te burles, por todo lo que nos habían estado diciendo en el cursillo. Pero me recordó más, por su cara y sus arrugas, no veas, repleto de arrugas en la frente y en los cachetes y hasta en el cuello como un anciano, me acordé más en el Anthony Hopkins de *El rito*, ¿te acuerdas de aquella película?

—No veo películas de terror.

—Ésa era interesante. Trataba de un cura viejo endemoniado por Baal (Anthony Hopkins) y un cura joven que seguía un curso para exorcistas como el de Casa Xitla. El caso es que este cura compañero de mi habitación, nacido en Teziutlán o en Atlixco, ya no me acuerdo, de familia obrera, decidió hacerse sacerdote luego de muchas calamidades y empujado por un párroco que lo influyó poderosamente porque era amigo de la familia y le preocupaban las desgracias que le ocurrieron al muchacho desde chamaquito.

—Pero qué cosas le pasaron, no entiendo. ¿Lo del soplete?

—A él no en lo personal. A las personas que conocía y fue conociendo, a los que convivían con él. A sus parientes, a sus amigos, a un par de novias de sus tiempos de adolescente. Empezando por su madre, que se murió de sopetón mientras lo amamantaba. Y un amigo de su infancia, su mejor amigo, se ahogó en un río mientras se bañaban los dos. Luego se le murió una novia cuando la besó en la boca por primera vez y enseguida su padre, después del accidente del fogonazo: un pleito de borrachos afuera de la cantina.

—Accidentes al fin y al cabo.

—Él no pensó al principio que eran puros accidentes que le pueden suceder a cualquier hijo de vecino, sino artilugios del diablo. Lo pensó no por él mismo sino por la maldita influencia de ese párroco que te digo, el padre Próspero, o Porfirio, o quién sabe cuál era su nombre, que siempre andaba echando agua bendita en la iglesia, en las calles, en cualquier parte, y siempre mentando al demonio, el muy loco.

—¿El párroco de Puebla o el de Teziutlán?

—Creo que el de Teziutlán, da lo mismo, no me acuerdo. Lo que sí me dijo es que don Próspero lo convenció de que el demonio se le había metido en el alma y lo había hecho su instrumento para causar la muerte de los demás o las simples desgracias que azotaban a la región: tormentas, el desmoronamiento de un cerro, un temblor que tiró la campana y el muro de la iglesia. Por eso él no tenía más remedio, le dijo el cura, que entrar en el seminario para sacarse el demonio, porque en el seminario, con tantos rezos y tantas misas y tantos santos dedicados a Dios, el diablo se quedaría fuera de su alma y de su pueblo.

—Y se lo creyó.

—No se lo creyó por completo después de tantas salidas y entradas del seminario; se salía y entraba a cada rato, a cada rato, porque no tenía verdadera vocación y se iba con ganas de no volver, pero vuelta a lo mismo.

—¿Cuando se largaba del seminario es cuando sucedían las desgracias?

—También pasaban dentro del seminario, no te creas. El mismo día que lo admitieron se murió el superior: un hombre sano, entero, muy emprendedor… Por eso digo que después de tantas salidas y entradas se convenció, me dijo, que no era que el diablo se le había metido en las entrañas sino que él, él mismo en persona, desde su nacimiento, formaba parte de una legión luciferina. No tenía el diablo dentro, militaba en la legión cuarentaipico de Belcebú. Era el diablo.

—¡Órale!

—Me lo quiso demostrar con hechos: una lista enorme de las desgracias y las muertes provocadas por él. Me enseñó esa lista escrita en una libreta verde llena de nombres y fechas. Ocupaban diez páginas o más.

—Su récord.

—Entonces un día, me siguió platicando, decidió asumir su condición de demonio y se grabó aquel tatuaje. Luego asistió a un montón de misas negras y ceremonias malditas, o no sé. Así anduvo mucho tiempo hasta que se arrepintió de corazón porque en realidad era un hombre bueno sin intenciones de hacer mal a nadie. Y cuando me dijo eso, ahí en nuestra habitación, empezó a llorar despacito, luego muy tupido, con un chorro de lágrimas que le salían de sus ojos inyectados. Bien conmovedor, la verdad, al grado de que le di mi pañuelo y se limpió la cara, las arrugas, la nariz llena de mocos.

—Se arrepintió frente a ti esa noche.

—Se arrepintió antes, mucho antes, cuando regresó una vez más al seminario. Tuvo la suerte de encontrar a un profesor o director espiritual, en lugar del maldito Próspero, que lo ayudó a despejar sus fantasmas y que le dijo, como tu amigo Enrique Maza, que el diablo no existe.

—Fue entonces a la Casa Xitla a que lo exorcizaran.

—Lo del director espiritual fue tiempo atrás, ya te dije. Gracias a él tuvo largas temporadas tranquilas en las que no ocurrió nada y se pensó salvado por Dios, al fin. Seguía teniendo sus dudas, claro, como espinitas o alfileres clavados en el corazón, así me dijo, porque se veía en el espejo sus ojos colorados que no le habían podido sanar los médicos del Conde de la Valenciana y también sus arrugas por toda la frente. Sin embargo sacó fuerzas de la oración y siguió estudiando en el seminario hasta casi llegar a diácono. Tomó unas vacaciones antes, no sé si un par de años, o menos. Cuando llegó a la Casa Xitla, el primer día, sufrió una pesadilla. Me la contó después. Entre toda la legión de diablos se enfrentó a Lucifer y le renunció a gritos. Entonces Lucifer y sus demonios se largaron echando chillidos, así nada más.

—Fue cuando despertó y habló contigo.

—Creo que eso fue la noche antes. La vez que me despertó cerca de la madrugada me dijo que necesitaba hablar conmigo aunque tenía mucho miedo, más por mí que por él.

—¿Ya no consultaba al director espiritual del seminario?

—Antes de ir al cursillo de exorcismo, una semana antes, su director espiritual se había muerto de un cólico de vesícula.

—¿Su director espiritual?

—También se murió su compañero de celda en el seminario: de una hemorragia por la nariz.

—¿Y no te dio miedo? Tú eras ahora su compañero de celda.

—Me hice el disimulado de tanta cháchara. Le dije que quería seguir durmiendo, que habláramos por la mañana con el padre Dermine o con algunos otros exorcistas del cursillo. No me respondió. Apagó la lamparilla y el infeliz se tendió en su cama con la cobija hasta la cabeza. Yo me hice el dormido durante un rato. Aproveché después la rayita de luz que empezaba a meterse por las esquinas de la ventana, agarré mis chunches, mi backpack, y me vestí en el pasillo. Entre que sí y entre que no, por si las dudas, mejor poner pies en polvorosa como dicen los clásicos. En el patio le pedí al velador que me abriera la reja. Era un cojo grotesco. Adiós. En mi carro me largué rápidamente de la Casa Xitla.

Seis

A pesar del horrible adverbio, ahí puse punto final a las dieciocho páginas de mi texto en boca de Fernando Zamora: *En mi carro me largué rápidamente de la Casa Xitla.*

Sabía que era un primer borrador urgido aún de correcciones: sintaxis, cacofonías, repeticiones, lenguaje coloquial, la historia del ensotanado…

Sin embargo era importante mostrárselo antes a Fernando Zamora.

Había convertido a mi compañero en el protagonista del relato y no era justo publicarlo sin su autorización. Cualquier objeción de Fernando la tomaría en cuenta y si me pedía que no lo publicara —como suelo advertirles a algunos amigos reales que no quieren ser incluidos en un texto—, lo eliminaría para siempre.

Por eso le encargué a mi hija Eugenia que transcribiera estas páginas antes de ser revisadas y las enviara al correo electrónico de Zamora para luego reunirme con él —cuando él tuviera tiempo— y me hiciera saber sus comentarios o su rechazo.

Fernando me respondió por e-mail casi de inmediato. Quedamos de vernos en donde siempre:

el bar Janis de la calle Miguel Noreña el miércoles siguiente a las ocho de la noche.

Llegó antes que yo. Ocupaba una mesa rinconera y tenía enfrente una botella de vino tinto con una copa ya servida y otra para mí. Llevaba las páginas en computadora y releía algunas partes. Lo advertí muy sonriente, como divertido. Fui directo con mi saludo:

—¿Cómo estás? ¿Qué te pareció?

—Me divertí un rato.

Me sirvió vino en la copa y él llenó la suya.

—Te podría refutar muchas cosas —dijo—: que yo no hablo así, que yo no dije palabras que me pones, que yo no pienso del diablo lo que tú imaginas.

—Eso se puede corregir.

—En todo caso, es lo de menos. Mi problema es con la historia del ensotanado de los lentes oscuros; tú lo llamaste así, yo no.

—Una licencia narrativa.

—Yo fui al curso de exorcistas, eso sí es cierto, pero estuve nada más día y medio porque me pareció tedioso, muy tedioso. Me hospedé en una habitación sencilla, no doble; la cama era incomodísima, con una colchoneta vieja y chipotuda.

—Tú me dijiste que era una habitación doble, de las de mil cuatrocientos cuarenta pesos por todo el curso.

—Era sencilla y no encontré ahí, ni en ninguna parte, a ese ensotanado de lentes oscuros que dizque me contó una historia.

—La historia me pareció un poco inverosímil, la verdad, pero así me la contaste.

126

—Es falsa. La inventé.

—¿La inventaste?

—Totalmente. Es una mentira completa, ¿no te diste cuenta?

Bebí todo lo que restaba de la copa. Me serví más.

—No lo puedo creer, Fernando. ¿Por qué me engañaste?

Fernando sonrió mientras movía la cabeza, divertido.

—Me vacilaste vilmente —protesté—. ¿Por qué lo hiciste?

—Me puse a imaginar los juegos que tanto te gustan en tus cuentos: realidad-ficción, ficción-realidad. Te di sopa de tu propio chocolate. Me parece muy divertido que te hayas creído la historia de ese cura loco. Lo que sí es verdad, te insisto, son las conferencias de los exorcistas. Tomé algunas notas, no me quedé a todas.

No sabía si enojarme o reír. Sobre su piel cacahuate, los ojos negros de Fernando Zamora me seguían escudriñando como los de su padre cuando era mi maestro de Mecánica de Suelos en la escuela de Ingeniería.

—Si quieres mi opinión, yo te pediría que mejor no publiques este cuento. No vale la pena.

—Como quieras.

—Lo que sigue siendo un tema sin solución es el diablo —dijo—. Está en todas partes, como Dios. Mira.

Y señaló con el índice la marca del vino tinto que nos sirvieron en el Janis: *Casillero del Diablo*.

Manual para vendedores

Al llegar a casa encontré sobre la mesita del teléfono un paquete tamaño carta envuelto con papel manila y atado por un cordel en forma de cruz. Traía mi nombre escrito con letras mayúsculas a tinta.

Cuando lo desaté vi una carpeta engargolada; parecía un guion de cine, no lo era. En la portada, tras el papel transparente, se leía con letras grandes manuscritas: MANUAL PARA VENDEDORES. Abajo: Heriberto Morales y un número telefónico: 5122 3948.

No recordaba a ningún Heriberto Morales; mucho menos que fuera el autor de un manual para vendedores, como confirmé cuando le eché un vistazo a las ciento cuarenta páginas de las que constaba aquel trabajo. Estaba escrito a máquina y en las páginas abundaban cuadros estadísticos con temas de mercadotecnia, frases publicitarias, enumeraciones de lemas de persuasión. Los textos eran largos, divididos en capítulos y con el característico lenguaje de un libro de autoayuda.

Pensé que el remitente, el tal Heriberto Morales, se había equivocado de destinatario enviándomelo a mí que nada sabía de esa materia. Hice a un lado el libraco en mi mesa de trabajo aunque no por mucho tiempo; esa misma noche recibí una llamada telefónica.

—Soy Beto Morales, ¿te acuerdas de mí? Fuimos compañeros en la prepa del Cristóbal Colón, ¿te acuerdas?, cuando el Perro Álvarez era el director. Tú estabas con el señor Bordes en Ingenieros y yo en Abogados, pero nos veíamos a cada rato en las clases de gimnasia con el maestro Franco, ¿te acuerdas?, y en los recreos o a la salida /

—Perdóname pero no me acuerdo.

—Cómo no, flaco, jugábamos frontón cachado en la canchita aquella. Tu pareja era Adolfo Lugo Verduzco, seguro que te acuerdas de él, ¿no?, que luego llegó hasta presidente del PRI en tiempos de Miguel de la Madrid. Y de los Rojo Lugo, y del general Anaya y del periodiquito ese que sacaba Chanfón donde tú escribías tus *Ladrillazos*.

—De eso sí me acuerdo.

—El caso es que luego me dediqué a la cuestión de las ventas y me fue muy bien. Venta de autos usados, venta de artículos de refrigeración, venta de inmuebles, en fin. Llegué a ser director de la Asociación Mexicana de Vendedores Profesionales y ahora manejo un grupo de colegas y tengo, a Dios gracias, compromisos enormes de asesorías y participaciones en congresos internacionales y dirección de medios; ya te platicaré. Con toda mi experiencia acumulada por años se me ocurrió escribir un manual yo diría que científico de mi profesión, que es el que te envié, ¿lo recibiste?

—Aquí lo tengo.

—Sergio López Mendoza me dio tu dirección y tu teléfono y qué bueno haberte encontrado porque nadie mejor me puede ayudar con la corrección del librito. Sé mucho de ventas, muchísimo, pero muy poco de redacción como te darás cuenta y por eso pensé en ti, para que me lo pases en limpio y me pongas en buen español los textos. Te va ser muy fácil, me imagino. Y te voy a agradecer infinito tu ayuda abusando de nuestra vieja amistad. Supongo que antes podríamos vernos a tomar un café, si quieres, para explicarte mejor mis necesidades en eso de la redacción y de la división de capítulos y lo que haga falta agregar para darle más coherencia a los postulados porque es muy importante que todos los involucrados en las ventas, los novatos y los experimentados, entiendan y aprendan y les sea de mucha utilidad, como yo supongo. Qué te parece si nos vemos mañana mismo en la mañana, ¿te parece bien?, en el café que tú me digas; yo puedo a las once y media a más tardar. Así nos volvemos a ver y platicamos de aquellos tiempos tan padrísimos, así lo siento yo. Sigo siendo el gordito y cachetón al que tanto choteaban; te vas a acordar apenas me veas, porque yo sí me acuerdo muy bien de ti, flaco. ¿Te parece bien mañana a las once en un Sanborns o en un Vips o donde tú me digas? Podría ser en el Sanborns de San Antonio e Insurgentes; tú vivías por ahí cerca, si mal no recuerdo, y yo tengo mi oficina precisamente en Insurgentes cerca de donde están Los Guajolotes. Te voy a agradecer muchísimo, flaco, el libro se va a vender como pan caliente, es muy práctico, buenísimo aunque me esté mal decirlo, sólo le falta la pluma de un escritor como tú para las cuestiones de redacción.

Aunque ni por asomo recordaba a Heriberto Morales y me daba una pereza inmensa auxiliarlo con un trabajo así, acudí a la cafetería del Sanborns de Insurgentes y San Antonio luego de revisar con más detenimiento algunas páginas de su *Manual para vendedores*. Ciertamente, la redacción era pésima; la ortografía fatal, de niño de primaria.

Lo primero que vi al entrar en la cafetería fue a un hombre gordo, muy gordo, vestido de traje gris y corbata. Se hallaba de pie en una de las mesas del fondo agitando su brazo izquierdo para llamar mi atención. Sostenía en la derecha un celular soldado a su oreja.

Me aproximé. Sonrió sin soltar su celular y me indicó una silla frente a él. Por supuesto, no lo recordaba.

Una mesera me sirvió un americano descafeinado. Él ya tenía a medias el suyo, pero una vez sentado —apenas cabía en la silla— continuaba hablando por el celular. Tardó un largo rato en apagarlo y al fin se dirigió a mí:

—Estás igualito, flaco.

Yo traía su original engargolado y lo había depositado en la mesa.

Empezó hablando otra vez de la preparatoria en el Cristóbal Colón. De nuevo el Perro Álvarez, el maestro de gimnasia, nuestra relación común con Lugo Verduzco y los Rojo Lugo.

—Háblame de tu manual —lo interrumpí.

Insistía ya en la venta de autos usados cuando sonó la melodía de "La cucaracha" en su celular. Volvió a pegárselo en la oreja mientras con la otra mano hacía la señal de "un momentito" juntando el índice con el pulgar.

Ocupó un buen rato en regañar al que parecía un subalterno mientras yo apuraba hasta el fin mi taza de café.

Apagó el celular.

—¿Qué te parece la redacción?

—Le eché un vistazo. Está realmente mal.

—Es lo que te dije. Necesita una corrección a fondo.

—Debo anticiparte que ando muy apurado con otras cosas —le advertí, aunque no era cierto—. Estoy escribiendo un guion de cine para Jorge Fons y apenas /

Sonó "La cucaracha" en el celular.

El esperado "un momentito" con los dedos. Tan parecía de urgencia la llamada que se desatornilló de su silla y sin despegar el aparato de la oreja caminó entre las mesas por la cafetería, salió de ella hasta perderse en los departamentos del Sanborns mientras yo apuraba una segunda taza de descafeinado. Regresó pidiendo disculpas:

—Así me llaman todo el tiempo, no tienes idea, por eso es muy importante para mí publicar este libro.

"La cucaracha".

La escena se volvió recurrente una cuarta, una quinta, quizá una sexta vez sin que el gordo decidiera apagar el celular, sin que hubiéramos entrado en materia o iniciado siquiera una conversación. Me harté. Fruncí lo más que pude el gesto de enojo para hacerle entender la imposibilidad de continuar

133

así. Él insistió con el "un momentito" meneando la cabeza para explicar que no podía, no podía, no podía interrumpir la larguísima llamada.

No soporté más. Tomé el engargolado del manual, le copié con los dedos su "momentito" diciéndole "voy al baño" —frase que de seguro no escuchó— y salí trinando contra ese maldito Heriberto Morales a quien seguía sin recordar.

Jamás volveré a verlo, pensé. Cuando me llame por teléfono —si es que en algún momento deja en paz su celular— le pediré que se olvide para siempre de mí. Me pides un favor y me tratas como a un criado, cabrón, le reclamaré a gritos. No hay derecho, gordo, no hay derecho. Soy tu monigote o qué.

Pero no me llamó. Ni esa noche ni al día siguiente.

Se enojó. Seguro se enojó. Necesitaba con urgencia mi ayuda y no logró explicármela con tranquilidad, no por culpa de él sino de esas llamadas apremiantes e imposibles de rechazar porque en su ambiente de vendedores y empleados era necesario atenderlas pues de ellas dependía un negocio importantísimo. Y eso no lo entendí en aquel momento, egoísta que soy. No supe tenerle paciencia, pobre tipo: requería de mi ayuda y eso: no le tuve paciencia como se la merecía él o cualquier otro. Si yo, de pronto, hubiera necesitado comprar un carro usado o un refrigerador o una aspiradora y le llamara a un viejo amigo como Heriberto Morales, ese viejo amigo de la preparatoria, compañero de Lugo Verduzco y de los Rojo Lugo, no hubiera tardado un minuto en conseguirme un precio especial para el mejor auto, el mejor refrigerador, la mejor aspiradora, tomando en cuenta los años mozos en las que se fraguan las amistades entrañables.

Una semana después —sin haber recibido una llamada telefónica de su parte, él que tiene un celular— el maldito sentimiento de culpa me atacó en forma de un insomnio de horas.

Decidí tomar la iniciativa llamándolo al número anotado en la primera página del manual: 5122 3948.

Empezaría pidiéndole perdón por haber huido del Sanborns; que sí, que sí me acordé de él apenas lo vi. El gordito del frontón cachado en la preparatoria del Cristóbal Colón, el amigo de mis amigos de entonces, perdón, perdón, perdón. Estoy dispuesto a corregir tu libro lo mejor que pueda.

Eran como las ocho treinta p.m. Marqué. Se escucharon tres sonidos como dardos. Al fin oí una voz de mujer:

—Hola.

—¿Me podría comunicar con don Heriberto Morales?

—¿Quién habla?

—Un viejo amigo suyo —dije mi nombre.

—¿No está enterado?

—De qué.

—Mi papá murió hace dos semanas… de un infarto al miocardio… Lo incineramos.

Me quedé mudo. Colgué el teléfono.

Mañana se va a morir mi padre

Estoy en el mismo sitio, ante la máquina, mirando la acera de enfrente a través de la ventana: el 76, el 76A, el 76 bis, los cables de luz y de teléfono que convergen en el poste, la casa de la señora Dulce recién vuelta a pintar, siempre de blanco y de rojo, siempre.

Cruza traqueteando un camión de carga y luego una bicicleta perseguida inútilmente por los ladridos de un perro.

Hay un hombre sentado en el quicio del 76 comiendo una mandarina: escupe los huesos contra la banqueta y dice algo a la sirvienta que cruza ante él con un par de zapatos en las manos.

Al pasar bajo la ventana un muchacho vuelve la cabeza hacia mi estudio, pero desvía la vista apenas me mira. Un niño llora en alguna parte. Otro corre hacia el sur, por la acera de enfrente, gritando a no sé quién. Tropieza y cae. Él mismo tiene que levantarse para seguir corriendo y llamando: su voz se pierde junto con él.

Deben ser la cinco o las cinco y media. Hoy también es día 18 de septiembre.

Escribo: Estoy tratando de recordar.

De un momento a otro llegará el neurólogo en un Opel azul crema, modelo 63, nuevecito, del año, que estacionará a la altura del 76 bis. Saldrá del auto y cruzará la calle en dirección a la casa de mi padre, vecina a la mía.

El neurólogo, no cabe duda, pensaré, aunque será la primera vez que lo vea.

Abandonaré el estudio para ir corriendo a su encuentro. Antes de que él presione el timbre yo habré llegado hasta la reja. Pronunciaré su nombre interrogativamente y asentirá. Yo mismo abriré el candado.

—Por aquí, pase usted… Por aquí —seguiré diciendo hasta hacerlo entrar en el despacho. Después iré en busca de mi hermano y de mi madre—. Por aquí.

Desde el antecomedor ella oirá mis pasos. La encontraré de pie, con la bolsa de tejido en las manos y los lentes puestos. Avanzará hacia mí.

—Es el doctor —diré—, el neurólogo —la besaré en la frente—. ¿Cómo está?

—Ahorita se acaba de dormir —dirá ella al tiempo en que con ademanes ansiosos coloque el tejido en la mesa y dirija luego sus pasos hacia la recámara.

—Voy a avisarle a Armando.

Hallaré a Armando cruzando el jardín de su casa rumbo a la casa de mi padre, situada delante de la suya.

—Ya llegó el doctor.

—¿Del Cueto?

Armando se compondrá el nudo de la corbata y se pasará las manos por el cabello mientras apresura el paso, seguido de mí, al encuentro del médico. Lo miraré morderse los labios y rascarse la frente.

Ambos nos reuniremos con mi madre antes de entrar en el despacho; ella llevará en las manos el sobre de papel manila inflado de recetas. Armando le pondrá una mano en el antebrazo en el momento de besarla y después abrirá la puerta.

—Primero quisiera hablar un momento con ustedes —responderá el neurólogo cuando Armando le pregunte si desea ver inmediatamente a mi padre.

—Sí, doctor.

Sentado en el sofá de cuero, con el portafolio en las piernas y las manos encima, entrelazadas, el doctor Del Cueto nos escuchará con atención mirándonos alternativamente, pero sin evidenciar un gesto, sin descomponer para nada su rostro inmutable.

No hablaremos en orden ni seguiremos una cronología precisa al relatar la enfermedad. Como si de un golpe quisiéramos ponerlo en antecedentes le daremos datos recientes y remotos, completándonos entre sí, interrumpiéndonos, saltando de una fecha a otra y de un síntoma grave a un detalle insignificante o sentimental. En ocasiones, el neurólogo se verá obligado a interrumpirnos para solicitar alguna aclaración. Mi madre mostrará recetas, reportes de análisis; dará nombres de médicos y medicinas.

—El doctor Cisneros empezó a tratarlo desde hace como un mes o mes y medio.

—Desde agosto.

—Él nos pidió que usted lo viera.

—Porque no ha tenido mejoría, doctor; al contrario, yo siento que va para abajo.

—La semana pasada, o antepasada, pareció que reaccionaba.

—Pero nada más un día. Luego otra vez. Ya no puede caminar, doctor. Para que dé un paso lo tenemos que arrastrar y empujar con muchos trabajos. Es un triunfo. Apenas si puede mover los pies, sobre todo del izquierdo está muy mal.

—Ya no habla nada, solamente parece que nos oye.

—Éste fue el último cardiograma que le hizo el doctor Cisneros.

Armando y yo trataremos de completar las explicaciones de mi madre una vez que ella inicie la exposición de los síntomas. Sentiré en esos momentos que nuestras palabras no alcanzarán su objetivo e inútiles irán a amontonarse hasta formar un confuso parlamento que ni siquiera nosotros seremos capaces de descifrar. Dudaré por ello de los asentimientos del neurólogo.

Él dirá:

—¿Cuándo empezó a estar así?

—Como por agosto, doctor.

—No, como por julio —rectificará mi madre—. El día de mi santo íbamos a salir fuera, pero yo ya no quise porque lo vi mal, ni hubiéramos podido ir de todos modos.

—Estaba muy débil.

—Un día fuimos al beisbol y a la salida me dijo que se sentía muy cansado, que se le iba la cabeza, que no le respondían las piernas. No podía dar un paso y se recargaba en mí. Y batallé muchísimo para conseguir un coche. Ya desde esa vez no volvimos a salir.

—¿Perdió alguna vez el conocimiento?

—No, sólo se sentía muy débil.

—Parece que entiende, pero le cuesta mucho trabajo decir algo.

—¿Los reconoce?

—Sí, muy bien.

—Y casi no come.

—No puede tragar los alimentos ni se da cuenta de cuando tiene ganas de hacer sus necesidades.

—Mi mamá tiene que estarlo cambiando a cada rato.

—Sí… y lo hago comer a la fuerza todo lo que me dijo el doctor Cisneros que podía darle; nada más líquidos, porque ya no puede tragar nada sólido. Lo está mastique y mastique y luego lo escupe y hace gestos… Antes me reclamaba y hasta se enojaba conmigo. Me decía que yo parecía un sargento. Ahora sólo se me queda viendo…

Recordaré a mi padre, en la mesa, ante su gran tazón de café con leche; la cabeza apoyada en su mano izquierda, como para sostenerla, mirando hacia un punto fijo en el mantel: el pan, las bolitas de migajón, el vaso. Y mi madre, desde la cabecera de la mesa, diciéndole: ándale, hijito, ándale, te tienes que acabar la leche.

—Una vez lo vi llegar muy preocupado, pero no me dijo por qué. Hasta después supimos que había chocado.

—Se distraía muy fácilmente y se le olvidaban las calles.

—Por eso quise que dejara de manejar.

—¿Cuándo fue eso?

—Cuando todavía iba a Chapultepec.

—Iba a jugar ajedrez casi todas las mañanas.

—Dejó de ir porque un día se empezó a comer sus propias piezas y se burlaron de él.

—Jugaba muy bien ajedrez.

—Eso fue antes de julio.

—¿Y el choque?

—También. Más o menos por el mismo tiempo.

—No, el choque fue mucho antes.

No lograremos precisar el mes. Lo único que sacaré en claro al recordar aquellos incidentes será que la enfermedad de mi padre se hubo de gestar lentamente sin que nosotros nos diéramos cuenta ni alcanzáramos a intervenir a tiempo.

—Cuando estábamos pintando la casa —diré yo— me acompañó a comprar unos tabiques. Quería llevarme a donde había ido hacía poco porque allí le daban un buen descuento o no sé qué, pero el caso es que se le olvidó la calle y nos dio trabajo dar con el sitio. Él se puso muy enojado porque no se podía acordar. Decía que todo se le olvidaba y que ya no servía para nada.

—¿Cuándo se empezó a atender?

—Bueno, él siempre padeció del estómago y vio muchos doctores y continuamente estaba molesto por su digestión. Pero nos preocupamos porque bajó mucho de peso. Paco le dijo que fuera a ver a un geriatra y él le hizo análisis y lo estuvo atendiendo durante algún tiempo.

—Lo han operado dos veces: una vez de la vesícula y otra del estómago.

—La primera vez lo operó el doctor Robles.

—Le quitaron medio estómago.

—Pero del corazón siempre estuvo muy bien.

—Y de su presión.

—Sólo del estómago. Siempre ha tenido que tomarse todas las noches un alka-seltzer o chuparse un limón para que se le quite el conatito de basca.

—Donde sí digiere perfectamente es en Cuautla. Allí puede comer de todo. ¿Verdad?

—Íbamos muy seguido a Cuautla y sí, estaba muy bien. Aunque últimamente él ya no quería porque el calor lo desguanzaba.

El neurólogo insistirá todavía en algunas preguntas y al fin iniciará el ademán de ponerse de pie.

Nosotros tres nos levantaremos.

—¿Quiere verlo? —interrogará mi madre.

Tras un asentimiento, el doctor Del Cueto tomará su portafolio y caminará hacia la puerta. En el momento de cruzar a la habitación contigua volverá la cabeza para atender a mi madre.

—¿Se puede curar la arterioesclerosis, doctor?

—Vamos a ver a su esposo, señora —contestará el neurólogo, cediéndole el paso. Mi madre caminará delante de él y nosotros detrás. Armando detendrá de un brazo al doctor Del Cueto y aguardará a que mi madre se haya adelantado para decirle en voz baja:

—Doctor… para cualquier cosa nos gustaría que nada más hablara con nosotros. No queremos que ella se preocupe.

—Muy bien —dirá el neurólogo, y ya en la recámara tomará asiento en la silla que yo coloque a la derecha de la cama. Mi madre se habrá ocupado

143

de enderezar a mi padre enfermo y lo encontraremos sentado, con tres cojines detrás, la vista al frente, atento, apacible.

—Es el doctor, hijito —le dirá ella—. Saluda al doctor.

Tras un esfuerzo, mi padre dirá con voz fuerte:
—Buenas tardes, doctor.

Mi madre irá a sentarse en el taburete del tocador, Armando quedará de pie junto a la cama y yo sentado en el sillón. Después llegará mi cuñada Marta, a quien ofreceré el sitio, pero ella denegará con la cabeza y permanecerá próxima a mi hermano.

El examen del neurólogo durará cerca de media hora. Será, a nuestro juicio y por lo minucioso, un excelente reconocimiento. La inicial circunspección del doctor Del Cuento se transformará ante la presencia de mi padre en actitud afable; su voz adquirirá el tono de quien habla a un amigo inerme, aunque sin extremar las atenciones —opinaremos después—, sin manifestarle lástima.

Le examinará los ojos con la lamparilla, le pedirá que lo sujete de una mano tratando de hacer presión, de lastimarlo.

—Pero no lo jale muy fuerte —dirá Marta, sonriendo y yéndose a sentar en el borde de la cama.

Y Armando agregará después, sonriendo también:
—Mire nada más qué fuerzas tiene usted, señor.

Con la mano izquierda mi padre no conseguirá presionar al neurólogo todo lo que éste quisiera:
—Más, don Vicente, más.
—Sí, doctor.

144

—Jáleme fuerte.

—Sí, doctor.

Pero será inútil: los tirones de mi padre apenas variarán la posición de la mano del neurólogo.

—Muy bien —dirá éste. Después hará a un lado las cobijas para dejar al descubierto las piernas enfundadas en los largos calzoncillos de lana.

—Dígame cuando le duela —dirá el doctor Del Cueto mientras con una aguja, proporcionada por mi madre, se disponga a arañarle levemente las plantas.

—Sí, doctor.

—¿Sí le duele?

—No, doctor.

—¿Lo siente? —subirá la voz— ¿Lo siente?

—Contéstale al doctor, hijito —dirá mi madre.

—¿Siente algo?

Retirará la pierna rápidamente:

—Sí, doctor.

El neurólogo repetirá la operación en el pie izquierdo.

—¿Siente algo?

—No, doctor.

Armando y yo nos miraremos. Luego él mirará a Marta y después a mi madre, que meneará la cabeza.

—Ahora quiero verlo caminar. Vamos a ver.

—Le cuesta mucho trabajo —dirá mi madre, levantándose.

Yo me levantaré también y acudiré a la cama seguido de Armando, mientras el neurólogo se hará a un lado para permitirnos accionar.

—Vas a caminar, hijito, ¿eh?

Durante el tiempo en que mi madre se encargue de descubrirlo por completo y ponerle las pantuflas, tendré frente a mí la mirada de mi padre: sus ojos bien abiertos, grandes, fijos, y una leve sonrisa que me impulsará a besarle la frente y acariciarle un hombro. Lo sujetaré del sobaco derecho y ayudado por Armando lo pondré en pie.

—Tú no hagas esfuerzo —le diré a mi hermano—, déjame a mí.

Pero Armando insistirá en ayudarnos y seremos él y yo quienes intentemos hacer caminar a mi padre. Su cuerpo se habrá apoyado contra mi costado y será difícil obligarlo al primer paso. Sólo sus pies en pantuflas, arrastrándose, se oirán en el cuarto. Luego la voz de mi madre:

—Camina, camina.

Y la mía:

—Eso es, muy bien; así, muy bien… Otro más. No completará tres pasos cuando me vea obligado a sujetarle los largos calzones de lana ayudado por mi madre. Ella mirará al neurólogo.

—Con eso es suficiente —dirá el neurólogo. Y volveremos a mi padre a la cama. Se dejará acomodar sin proferir palabra; sólo su respiración jadeante dará cuenta del esfuerzo realizado. Ya en la cama, en su anterior posición, lo veremos sonreír y recorrernos a todos con la mirada atenta, consciente.

—El doctor Cisneros nos decía que lo hiciéramos caminar, y a veces yo solita, o con la muchacha, lo llevábamos hasta el antecomedor. Pero ahora es imposible. Lo que hacemos es sentarlo en la silla y lo llevamos alzado así…

Verá a mi madre llevarse los dedos a los ojos por detrás de los lentes. Marta le alcanzará un pañuelo y embrazándola la acompañará a sentarse nuevamente en el taburete del tocador.

—A ver, don Vicente —dirá el neurólogo—, dígame su nombre. ¿Cómo se llama?

—Dile al doctor cómo te llamas.

Tardará en responder. Tendrá su mirada puesta en Armando —mi hermano sonriéndole— cuando diga al fin:

—Vicente.

—Pero cuál es su apellido; su nombre completo.

—Contéstale al doctor, hijito.

Y aspirando e incorporándose un poco, mi padre pronunciará su nombre y sus dos apellidos.

—¿Dónde vive usted, don Vicente?

Me mirará, mirará a Armando, a Marta, y tendrá que girar la cabeza a la izquierda para mirar a mi madre, que lo alentará con un gesto de cariño:

—Dile dónde vives.

Después mirará al doctor.

—¿Dónde vive?

—En San Pedro de los Pinos, hijito… dile que vives en la Avenida Dos.

—¿Tiene mucho tiempo aquí?

—Desde hace veinticinco años, doctor —dirá mi madre.

—¿Cuántos años tiene usted, don Vicente?

—Sí, doctor.

—¿Cuántos años tiene?

—Hace muy bien —bromeará Marta—, no quiere decir su edad.

—¿De veras no quiere decir su edad?

—Sí, doctor.

—Pues a ver dígame cuántos años tiene.

—Cuarenta, doctor.

—¿Cuarenta, don Vicente?

—Sí, doctor.

Con el entrecejo fruncido, Armando cruzará una mirada con Marta mientras un largo silencio parezca vaciar el cuarto. Mi madre chasqueará la lengua, y al temer que mi padre pueda darse cuenta de nuestra ansiedad, Armando se adelantará a decir en tono de broma:

—Qué pasó, señor, no se quite la edad. Todos sabemos muy bien cuántos años tiene. Ándele.

—¿Entonces tiene cuarenta, don Vicente?

—Miren nomás, quitándose la edad a estas alturas.

—¿O es que no me quiere decir la verdad para que no se entere su nuera?

—Sí, doctor.

—A ver, ¿cómo se llama la señora?

Mi padre mirará a Marta.

—¿Cómo se llama?

Después a mi madre, y a Armando, y a mí.

—¿Cómo se llama él? —preguntará el neurólogo señalando a mi hermano—¿Quién es?

—Mi hijo Armando, doctor.

—¿Y él?

Los ojos de mi padre llegarán a los míos. Pronunciará mi nombre.

—¿Y ella?

—Chabelita.

—Muy bien. Ahora dígame cuántos años tiene usted.

Pero mi padre ya no responderá a ésta ni a las siguientes preguntas del neurólogo, quien finalizará el examen volviéndole a pedir que le oprima la mano y auscultándole el corazón con el estetoscopio.

Mi madre y Marta se quedarán en la recámara mientras Armando y yo acompañamos al médico hacia el despacho. Armando regresará al oír que mi madre lo llama, y en el momento en que yo me quede a solas con el doctor Del Cueto le preguntaré:

—¿Es posible que sea un tumor?

—Es lo más seguro… Yo me atrevería a decir que no hay duda, pero habrá que confirmarlo.

No haré ningún comentario. El rostro del neurólogo, impasible, estará ante mí. Llegará Armando:

—¿Cómo lo ve, doctor?

El doctor Del Cueto meneará la cabeza. Y nos explicará que todos los síntomas acusan un tumor localizado en la zona izquierda del cerebro. Insistirá en la necesidad de practicarle una angiografía y llevarlo para ello a un sanatorio: ese mismo día o al día siguiente. Dirá que es preciso, que es urgente. Tal vez para tranquilizarnos añadirá que probablemente el tumor se encuentre bien localizado y sea pequeño, y que en tal caso bastará con una sencilla perforación. Dirá también que por los síntomas, por el desarrollo de la enfermedad, es posible confiar en que no se trate de un tumor maligno, ni muy ramificado. Quizá sólo sea una intervención sencilla —insistirá el doctor Del Cueto mientras escriba en un papel el nombre del sanatorio al que habremos de llevarlo.

—Llamen por teléfono ahora mismo y digan que se trata de un paciente mío. Ya sea que lo internen hoy o mañana, es muy importante que se comuniquen al hospital para reservar el cuarto.

—Muy bien, doctor.

Mi madre entrará en el despacho quitándose los lentes.

—¿Cómo vio a mi esposo, doctor?

—Está muy delicado, señora.

—Muy mal, ¿verdad?

—Le van a hacer unos exámenes.

Sin referirse al tumor, el doctor Del Cueto le explicará ambiguamente el delicado estado de mi padre, lo avanzado de su enfermedad y la importancia de llevarlo a un sanatorio para practicarle una angiografía.

—¿No pueden hacérsela aquí?

—Se necesitan aparatos especiales —responderá—. Tienen que llevarlo al sanatorio.

—Vamos a hacer todo lo que el doctor nos diga —dirá Armando.

—Sí —dirá mi madre. Y después—: ¿se aliviará, doctor?

—Cuando lo hayan internado me hablan por teléfono para que yo me comunique al hospital.

—¿Qué hospital, doctor?

—El Sanatorio Santa Fe —diré yo.

—Ahí tienen los aparatos necesarios. Pero si ustedes prefieren puede ser en el Francés.

—No, no, doctor, donde usted diga.

—¿Cuándo hay que llevarlo?

—Si es hoy, mejor, para que desde mañana temprano comiencen a atenderlo y lo preparen. Pero puede ser mañana en la mañana.

—¿Y cuánto tiempo tiene que estar allí?

—Ya les diré cuando sepamos los resultados de la angiografía. Sin los exámenes no se puede hacer nada.

—¿Se aliviará, doctor?

—Esperemos que sí, señora.

El neurólogo avanzará hacia la puerta acompañado de mi hermano.

—Si ustedes quieren pueden consultar con otro médico —dirá, volviéndose.

—Haremos lo que usted diga… El doctor Cisneros quería hablarle después de que viera a mi papá.

Armando y el neurólogo cruzarán el jol rumbo a la reja. Mi madre se quedará conmigo en el despacho, inmóvil: una mano apoyada en el escritorio.

Trataré de darle ánimos comentando el minucioso reconocimiento que el médico le hizo a mi papá. Le diré que parece inteligente, capaz, serio, muy seguro.

—¿Y para qué quiere los exámenes? —dirá mi madre.

—Para ver exactamente qué tratamiento le da. Así es mejor.

—¿Qué dijo que le iban a hacer?

151

—Una angiografía.

—¿Y qué es eso?

—Es algo así como una radiografía del cerebro.

—¿No le va a doler?

Oiremos el chirrido de la reja al cerrarse y luego veremos entrar a Armando. Mi madre avanzará hacia él.

—¿Qué te dijo?

—Que todo va a salir muy bien. Hay que llamar al sanatorio.

Mi madre se llevará los dedos a los ojos y romperá a llorar. Armando la estrechará y la besará en las manos.

—Yo quiero que tu papacito se ponga bien.

—Se va a aliviar.

—Yo quiero que se alivie.

Entrará Marta en el despacho y dirá que mi padre se ha vuelto a dormir. Mi madre se secará los ojos con el pañuelo y yo la besaré en la cabeza.

—El doctor quiere que lo llevemos hoy, pero yo creo que ya no tiene caso, mejor mañana, ¿no?

—Sí, ya está dormido. Tendríamos que vestirlo y molestarlo y la tarde está muy fea.

—Como tú quieras.

—Se ve un doctor muy inteligente, ¿no te parece?

—Fernando me dijo que entre los neurólogos es una eminencia. Me nombró dos o tres, pero dijo que Del Cueto era el mejor.

Nuevamente mi madre se llevará las manos a los ojos.

—No sea chambona, doña Isabel —dirá Marta y la acompañará hasta la cocina.

Con la mano abierta Armando se frotará las mejillas mirando hacia la ventana. Habrá dejado en el escritorio el papel donde el neurólogo apuntara los teléfonos del sanatorio:

—Es un tumor —diré yo. Y después—: ¿vas a hablar?

—Sí.

Irá al teléfono y no logrará comunicarse en los dos primeros intentos.

Sin esperar a que Armando consiga hablar por teléfono me despediré de mi madre después de haberme asomado a la recámara a oscuras. Él estará dormido, su cabeza apoyada en dos cojines.

Regresaré a la casa y le contaré a Estela lo ocurrido.

—Es un tumor. Y un tumor sólo se resuelve operándolo.

Ella meneará la cabeza apesadumbrada. Después tratará de darme ánimos en forma semejante a como yo lo hice con mi madre.

Entraremos en el estudio.

—¿Y las niñas?

—Las están empiyamando. ¿Vas a escribir?

—Sí.

—Voy a ver a tu mami.

La oiré caminar por la recámara, hablar con Celerina y salir después al patio. El ruido de nuestra reja primero, y el de la reja de mis padres después, me permitirá seguir mentalmente su recorrido. Me sentaré a la mesa, a escribir, tratando inútilmente de concentrarme en mi trabajo, encendiendo un cigarrillo tras otro y tocando dos veces el timbre del estudio para que Celerina me traiga café.

Las hojas.

Los libros. El jarro rebosante de flores de papel.

La lámpara que mis padres nos regalaron en Navidad.

El papel. La máquina.

Las letras y las palabras que se van acomodando a golpes, como de milagro.

Miraré hacia la calle.

Cruza un camión. Un auto, otro.

Estoy tratando de recordar.

Alguien pasa silbando y mira hacia el estudio.

Transcurre el tiempo. Escribo. Recuerdo.

Ahora me levantaré y dejaré el estudio para ir nuevamente a casa de mis padres.

En el antecomedor, acompañada de Estela, mi madre estará acomodando su ropa en una pequeña maleta. Advertiré sus ojos irritados.

—¿Por qué no llevas una más grande?

—Es lo que yo le digo… Sí, doña Isabel, ¿por qué no lleva una más grande? —dirá Estela ayudándola a oprimir la ropa para que la maleta cierre.

—No vamos a estar más que un día —responderá ella.

—De todos modos.

—No, aquí cabe todo… Mira: ya —levantará los ojos y la veré sonreír fugazmente.

—¿Habló Armando al sanatorio?

—Sí.

—¿Había cuartos?

—Sí, ya lo apartó.

154

Mi hermana Esperanza llegará al antecomedor.

—También le habló a tu tío Alberto.

—¿A qué horas se van a ir?

—Quedamos de estar a las nueve… ¿Tú puedes?

—Sí, claro.

Tomaré la maleta y la bajaré de la mesa para que la sirvienta de mi madre pueda tender el mantel.

—Pero nada de ponerse triste, señora, ¿eh? —diré a mi madre. Y a Esperanza—: ni tú tampoco. Ahora es cuando mejor deben sentirse porque mi papá se va a curar.

—Yo ya no sé. Lo veo tan mal.

—¿Pero qué dijo el doctor que tenía? —preguntará Esperanza.

—Fíjate que no es arterioesclerosis —dirá mi madre dirigiéndose a mi hermana.

—¿No?

—Bueno, sí, es lo mismo, pero no como lo veía el doctor Cisneros. El neurólogo dice que para darle el tratamiento adecuado se necesita localizar exactamente la zona. Para eso es la angiografía que le van a hacer.

—Ahora sin análisis no recetan nada.

—¿Y qué harán después?

—Darle un tratamiento. Él nos estuvo explicando a Armando y a mí, pero yo no entiendo bien. Ahora hay muchas medicinas y muchos tratamientos nuevos… Ya sabiendo dónde se localiza el mal es más fácil curarlo.

—Don Vicente se va a aliviar, doña Isabel, ya verá. Hay que tener confianza en Dios.

—La tengo, Estela. Quiero tenerla.

—Ya te dije que debes estar optimista.

—Había empezado a perder las esperanzas.

—Porque ningún doctor le había atinado. Medicinas, inyecciones y nada.

—El pobrecito está todo picoteado. Ya nada más le decía: hazte para allá, hijito, que te van a poner una inyección, y me obedecía sin protestar.

Dejaré a Estela hablando con mi madre y Esperanza en la cocina para dirigirme al despacho a buscar el libro aquel que mi hermana encargó a *Selecciones* y que yo habré tenido ocasión de hojear días antes.

El cuerpo humano — *Maravillas y cuidados de nuestro organismo*

Recorreré el índice en la c:

calorías

calostro

cáncer

cáncer —leeré nuevamente—, 39, 42, 126, 237…

Página 39. En la 38: *Misterios de la célula humana.*

Iré a la 42.

Iré a la 126: *Por qué ocurren los ataques cerebrales… El ataque cerebral que sufrió el presidente Eisenhower /*

La gravedad de un ataque cerebral depende del vaso sanguíneo afectado, del tipo de obstrucción, del tiempo que permanecen sin oxígeno las zonas cerebrales dañadas y de algunos otros factores. En muchos casos, sobre todo entre los jóvenes. /

La víctima de un ataque cerebral puede ser una persona joven, incluso un niño, si bien: /

El promedio de edad de las víctimas de ataques es de sesenta y cuatro años. En los últimos años han ido en constante aumento ataques entre los norteamericanos debido a que ha aumentado el número de personas de edad. Parece que los hombres de edad avanzada sucumben con mayor facilidad que las mujeres. No existen datos estadísticos fidedignos sobre la frecuencia con que se repiten los ataques, pero en general se acepta que, en la mayoría de los casos, una persona que tuvo un ataque cerebral vuelve a tener otro tarde o temprano.

Cerraré el libro. Volveré a colocarlo en su sitio y saldré del despacho.

Mi madre, Estela y Esperanza, continuarán en la cocina, de pie.

Antes de llegar a ellas oiré decir a mi madre dirigiéndose a mi hermana:

—Sí. Tu papacito se va a aliviar.

— ¡Claro que se va a aliviar! Malo sería que nos hubiéramos quedado cruzados de brazos.

—Yo por eso le dije a Armando, cuando me habló de este doctor, que sí, que luego luego. Desde cuándo me estaba diciendo Alberto que viéramos a otro doctor, y yo también quería porque las medicinas de Cisneros no lo mejoraban.

—Es horrible no saber qué hacer.

—Y verlo cada día peor, y peor, y peor. Porque estaba peor aunque Cisneros me decía: vamos muy bien, señora, vamos muy bien. No, yo lo veía peor y peor cada día. Desde que le empecé *Miguel*

Strogoff ya ni siquiera se daba cuenta de cuando dejaba de leer... Pero el pobrecito me decía que me estaba oyendo.

—Tan chulo don Vicente.

—Se va a aliviar —colocaré mi brazo por sobre los hombros de Estela hasta llegar con mi mano a su codo—. Vámonos.

—¿No se quedan a merendar?

—Ya no.

—Hay carne, huevo, jamón, frijolitos... ¿Qué quieren?

—No, doña Isabel, gracias, es mejor que descanse.

—De todos modos Esperancita y yo vamos a merendar.

—Yo no tengo ganas —dirá mi hermana.

—Yo tampoco tengo ganas, pero tomamos café con leche y pan aunque sea.

—Hasta mañana, doña Isabel, que descanse.

—Pero a descansar bien y a dormir para que amanezcas con muchas fuerzas... ¿Qué pasó con las pastillas que te recetó Cisneros?

—No las quiere tomar —dirá Esperanza.

—¿Por qué?

—Son para dormir y yo no quiero dormirme, Dios me libre. Figúrate que en la noche tu papá necesite algo y yo no me vaya a dar cuenta.

—Son para calmarte.

—Ya me calmaré cuando se alivie tu papá.

Estela besará a mi madre y a mi hermana y saldremos por la puerta del despacho. Ya habrá oscurecido; encenderé la lámpara del jol.

Sin hablar saldremos a la calle. Estela se aproximará a mí cruzando los brazos y tiritando.

—¿Quieres dar una vuelta?

—¿No tienes mucho frío?

—Si me abrazas no.

La besaré en la frente y la enlazaré por los hombros. Caminaremos en dirección al parque, mirando la calle, las casas, la gente que cruce frente a nosotros. Ella guardará silencio y tampoco yo diré nada antes de llegar a la esquina:

—A ver qué dice Dios.

—Dios dirá que sí.

—Es un tumor.

—Todavía no se sabe. A lo mejor después de los análisis resulta una cosa sencilla.

—No, es un tumor. Estoy seguro. El doctor lo dijo.

—No aseguró nada.

—Pero él está seguro. La esperanza es que no esté muy extendido y puedan extraérselo con una simple perforación.

Veré avanzar un perro hacia nosotros, por la banqueta, y yo impulsaré suavemente a Estela para cambiar de acera. Cruzaremos la calle sin mirar a nuestra espalda.

—¿Y qué te dijo tu mamá de Luis?

—Nada.

—¿No ha escrito de Bélgica?

—Ya debe haber escrito, pero yo no creo que hasta mañana o pasado llegará carta. Apenas son tres días.

Al llegar al parque nos devolveremos.

—¿Tienes mucho frío?

—Un poquito… No te preocupes más. Lo bueno es que vino ese doctor y dio esperanzas. Eso es lo importante.

—No te creas que se veía muy optimista.

—Hay que esperar los exámenes.

—Mi mamá me pregunta a mí como si yo supiera mucho y no hallo ni qué decirle. Le invento y le doy ánimos.

—Pobrecita.

—Lo peor es que tengo que llegar a escribir.

—¿Vas a desvelarte?

—Necesito entregar dos capítulos.

—Habla con Ernesto Alonso y explícale.

—No, no puedo. Ya empezaron a grabar la telenovela.

—Así como te sientes no vas a poder escribir.

Entraremos a la casa. Los ojos de Estela buscarán los míos.

—No te apures, todo va a salir bien.

Le acariciaré el pelo. Apagaré la luz de la sala y entraremos en el estudio.

—¿Van a cenar? —preguntará Celerina.

—Yo no tengo hambre.

—Me haces café, por favor.

—¿De veras vas a escribir?

—Sí… Y me traes un bolillo.

—¿Nada más un bolillo?

—Nada más.

—¿Y usted, señora?

—Yo no quiero nada.

Celerina se alejará rumbo a la cocina después de cerrar la puerta.

—¿Tardas mucho?

—No sé.

—¿Cómo cuánto?

—Unas dos horas.

Volveremos a abrazarnos.

—Mañana va a ser un día muy latoso. A las nueve hay que estar en el sanatorio.

—¿Te vas a ir en el coche?

—No, voy a llevar a mi papá en el suyo.

—Voy con ustedes.

—¿Y las niñas?

—Pensaba que fueran a jugar con sus primos.

—Está bien.

Me sentaré a la mesa frente a la máquina y meteré en el rodillo una hoja en blanco mientras Estela arregla las flores de papel.

Luego abandonará el estudio para regresar al poco tiempo, antes de que yo haya logrado escribir la primera línea, trayéndome la taza de café y el bolillo.

—Ya tiene azúcar.

—Gracias.

—No te desveles.

—Espero que no.

Cuando haya salido definitivamente miraré por la ventana hacia la calle: el 76, el 76A, el 76 bis.

Nadie en la calle.

Me siento cansado. Tengo sueño. Me cuesta trabajo recordar y escribir.

El ajedrez de Capablanca

Julia María prendió por la cabeza su peón blanco y lo avanzó hasta la séptima casilla. Era una joven delgada y feúcha de dieciocho años, pantalón de mezclilla, cabello en cola de caballo. Su rival frente al tablero, un gordinflón de playera roja, se llevó sendos puños a los cachetes y se concentró en cómo hacerle para evitar la coronación del peón blanco. Estaba perdido. Necesitaba cambiar su caballo por el alfil enemigo, perder su torre, avanzar un peón y…

Estaba definitivamente perdido.

Julia María aprendió los principios del ajedrez gracias a su padre, un agente de bienes raíces en Morelia quien de vez en cuando aleccionaba a su hija única en el juego-ciencia. No avanzaron más allá de las aperturas tradicionales porque su padre y su madre murieron acribillados en un tiroteo entre narcos y policías cuando cruzaban el Jardín de las Rosas, ajenos al repentino combate. Fueron dos de las siete víctimas colaterales —como las llamó el parte oficial— de las que hicieron gran escándalo la radio, la prensa y la televisión durante dos o tres semanas. Sólo ese tiempo. Nunca se aclaró nada. Así, Julia María quedó repentinamente huérfana a los once años. El hermano de su padre, el tío Tacho, y su esposa Josefina, fueron a recogerla y se la llevaron a México, donde habitaban con penurias un departamento de Mixcoac, estrecho y de paredes descascaradas, con dos escuincles varones menores que la huérfana. Les iba mal económicamente. El tío Tacho era cajero de la Tesorería de Mixcoac aunque vivía esperanzado en el ascenso que le prometía su jefe, mes a mes, como responsable del departamento de archivo. Mes a mes con el espérame tantito de siempre. Igual que su hermano, el tío Tacho era bueno para las escaramuzas en el tablero y por las noches solía aleccionar a Julia María mientras la tía Josefina trabajaba con los niños y la casa. Resultó ducha Julia María para el ajedrez y las matemáticas. Puro diez en la primaria, puro diez en la Preparatoria Ocho, hasta que sufrió un tropezón cuando trató de ingresar a la UNAM para estudiar física o algo así: reprobó el examen de admisión. Fue entonces cuando se sintió nuevamente huérfana, ahora en los estudios. Se repuso animada por los tíos, y en lo que llegaba el momento para presentar un segundo examen de ingreso decidió buscar trabajo y ayudar con un salario a la crítica situación económica de su nueva familia. Quiso entrar como mesera a la cadena de los Starbucks y la rechazaron —ella pensaba que por fea—; luego a una escuela para niños discapacitados y le dieron largas. Un viejo maestro del tío Tacho, el gran ajedrecista Alfonso Ferriz, le recomendó a éste invitar a su sobrina a la Escuela Nacional de Ajedrez mientras la chica conseguía trabajo. Le darían una beca. El local estaba cerca: en una casona de la Primero de Mayo del San Pedro viejo, a unos cuantos pasos del distribuidor vial. Ahora el director era Rodrigo, el hijo del maestro Ferriz, que la recibió con generosas muestras de interés. Pronto demostró la chica que jugaba mejor de lo que Ferriz suponía —era muy audaz a la ofensiva— así que a las dos semanas ya le había encomendado un grupo de cuatro niños entre seis y ocho años para enseñarles los principios elementales siguiendo el método de Marcel Sisniega.

—Contigo no puedo —dijo el gordinflón de playera roja en el momento de doblar su rey—. Dame la revancha.

En eso entró Rodrigo Ferriz a la sala de ajedrez, sonriente. Su padre lo había puesto al tanto semanas antes de la tragedia de la desventurada huérfana.

—Lo que buscabas, flaca. Te tengo un trabajo.

—¿Un trabajo para mí?

—Se trata de jugar ajedrez, solamente ajedrez.

—¿Y no hay también para mí? —gruñó el gordinflón de camiseta roja.

—Necesitan una joven guapa como ella.

Julia María no se levantaba aún del tablero. Se veía sorprendida de que la llamara guapa y la contrataran para jugar ajedrez. ¿Un torneo? ¿Un campeonato?

—Pero si yo estoy empezando apenas —dijo.

—Ven para acá.

Rodrigo levantó de la mano a Julia María y la llevó a su pequeño despacho tapizado de posters de torneos mexicanos y extranjeros. Dos fotos enmarcadas: una de Bobby Fisher y otra de Carlos Torre

Repetto, el mejor jugador que ha dado México, señaló Rodrigo. Cerró la puerta para que no los espiara el gordinflón.

Le contó el asunto. Era un trabajo insólito para Rodrigo Ferriz, no se diga para Julia María.

En una residencia de Coyoacán para ancianos —luego te doy la dirección exacta— vive don Amaro Torres Guzmán, un viejo de ochenta y siete años que en sus buenos tiempos fue muy rico —tal vez lo es todavía—. Enviudó. Tuvo dos hijos: la mayor vive en Canadá, casada y hasta con nietos, y el menor —que no es tan menor— se ha pasado la vida por ahí casándose, divorciándose, bebiendo y desperdiciando la herencia anticipada de don Amaro. Como es de suponer en esos casos, los hijos decidieron despedir a sirvientes y cuidadoras y terminaron confinando a su padre a esa residencia de Coyoacán —luego te doy la dirección exacta—. Don Amaro fue a su vez hijo de un jugador de ajedrez de los años veinte —por eso mi padre sabe de él— que se llamó Carlos Torres García, y participó sin destacar en varias competencias con sus contemporáneos: Carlos Torre Repetto precisamente, Joaquín Araiza, Manuel Soto Larrea, qué sé yo. Pues bien, éste don Amaro en cuestión vive ahora solo y triste en la residencia para ancianos. Aunque padece el mal de Parkinson —muy incipiente todavía, según entiendo— ha tenido la idea de contratar a alguien que lo entretenga durante la semana. Así como otros viejos solicitan lectores de novelas voluminosas al pie de la cama, don Amaro busca una persona que juegue ajedrez con él martes, jueves y sábado: quiere revivir la obsesión de su padre que se la implantó como herencia cuando lo llevaba a los torneos y le explicaba la estrategia de aperturas y gambitos. Ése es el trabajo, flaca, ¿te interesa?

—No entiendo bien.

—Así de sencillo: vas con el viejo y juegas.

—Pero él debe ser muy bueno, no le voy a dar el ancho.

—Qué va. Él es un aficionado; jugaba de vez en cuando y en la residencia no encontró con quién.

—No voy a poder.

—Claro que vas a poder, flaca. Te va a pagar bien. Como mil quinientos a la semana; seis mil pesos al mes.

—¿Seis mil pesos?

—Imagínate. Por tres días a la semana, dos o tres partidas cada sesión. Más de lo que ganarías como mesera.

—¿Tengo que llevar tablero y piezas?

—Él tiene las suyas, no te preocupes. Es una gran oportunidad.

—Va a durar muy poco. Se va a aburrir conmigo.

—Lo que dure es bueno, ni lo pienses.

Al siguiente martes, siguiendo las indicaciones de Rodrigo Ferriz, Julia María abordó en avenida Revolución un microbús a San Ángel; se bajó frente al mercado de las flores, cruzó la avenida y ahí esperó otro microbús con letrero Taxqueña que la dejó en Carrillo Puerto. De Carrillo Puerto avanzó hasta la Plaza de la Conchita, la atravesó hasta la otra acera y luego de desorientarse y orientarse dio con la calle donde se asentaba la Residencia

Primavera. Era una casa enorme, enrejada y con un jardín paradisiaco como los de Morelia, surcado de callecitas. En el centro se hallaba la construcción. Luego de preguntar por don Amaro Torres Guzmán —como preguntó antes al portero—, una mujer mofletuda y de risa pronta le indicó la terraza donde debería aguardar un momentito por favor, chula. Se sentó frente a una mesita de formaica y sus ojos se dispersaron por los alrededores enjardinados: por allá los rehiletes de agua girando, dos parejas de ancianos en la lejanía, una mujer de pelo blanco tejiendo un chal enorme en una banca. Se moría de los nervios pero el silencio y la paz la tranquilizaron en los diez o quince minutos que esperó.

De la estancia interior de la casona, haciendo rodar por sí mismo una silla de inválidos, apareció por fin don Amaro. Llevaba una cachucha de fieltro, una chamarra negra de gamuza y en el regazo se alcanzaba a distinguir un rollo de material ahulado junto a una caja de madera.

—Tú eres Julia María.

La chica lo confirmó con la cabeza.

—Yo soy Amaro Torres y te agradezco mucho que hayas querido venir.

—Encantada —dijo Julia María mientras se levantaba para estrechar la mano del sonriente viejo.

Luego de proferir elogios sobre la escuela de ajedrez y los Ferriz, a quienes conocía y quería mucho a pesar de ciertas dificultades ya superadas, dijo, don Amaro desenrolló la tela ahulada que resultó ser, obviamente, un tablero de ajedrez con escaques verdiblancos; no de tamaño profesional sino de cuarenta o cincuenta centímetros, como el que tenía el padre de Julia María, igualito.

—¿Aquí vamos a jugar? —preguntó la muchacha para romper el silencio y vencer la timidez.

—Prefiero la sombra, el sol del jardín me lastima muy pronto. ¿Te parece bien?

—Sí, cómo no.

El tablero estaba a la medida de la mesita de formaica y las piezas que el viejo fue extrayendo de una caja de madera plana sorprendieron a Julia María por su belleza. Obedecían al diseño clásico de los torneos pero con variantes finísimas: el gesto agresivo, bien labrado, de los caballos; las finas rodelas de la corona de la dama, los alfiles con un ligero aire de auténticos obispos, los peones nunca iguales…

—Qué hermosura… las piezas.

—Ya te contaré de este ajedrez. Es único. Tiene su historia.

También la caja que los guardaba, de madera como cáscara de un tronco apenas devastado y un asidero que parecía de oro, sobresalía por su originalidad.

Julia María no sabía si observar el orgulloso gesto del viejo por su tesoro o admirar, acariciándolas, cada una de las piezas.

—Las blancas son de encino español y las negras de ébano.

La sonrisa de don Amaro se alargaba por su rostro encanijado y empequeñecía sus ojos de pícaro. Sin duda la gorra de fieltro escondía la cabeza calva de un hombre muy flaco con manos como trapos arrugados.

El viejo había empezado a acomodar las blancas en los escaques de Julia María y ella lo ayudó a completarlas y a situar las negras que llevaría don Amaro bajo la advertencia de éste:

—En un primer juego, las blancas son siempre para las damas.

—Gracias, don Amaro.

—Si venimos a jugar, pues a jugar. Y en silencio, ¿eh?, no me gustan los parlanchines.

Julia María abrió con peón de dama y él le respondió haciendo saltar el caballo del rey. El juego se fue desarrollando lentamente, en silencio.

Lo que no había decidido aún la muchacha era cómo debería jugar: con valiente agresividad si el viejo resultaba un buen ajedrecista; o con cautela y discreción si no era tan bueno. No quería presentarse como una principiante que decepcionara al enemigo, ni tampoco como una jugadora mejor que él. Se reconoció de pronto vanidosa. Viejos así, hijo de un profesional experimentado en torneos dentro y fuera de México, traían mucho camino andado y no era para despreciarlos de entrada. Seguramente se medía con un grande y la que debería preocuparse era ella para no quedar en ridículo desde la primera vez, lo que sin duda haría peligrar su chamba.

Cuando oyó murmurar a don Amaro: juegas bien, muchacha, juegas bien, entendió que su primera opción era la correcta. Voy a jugar con todo, se dijo.

La mano de don Amaro temblaba un poco, sólo un poco, al deslizar su alfil negro. Y no era a causa del Parkinson, era porque dudaba en mover o no mover un caballo; por avanzar dos casillas un peón… Más que Parkinson —lo fue entendiendo Julia María a la mitad del juego—, don Amaro estaba sintiendo miedo del ataque implacable de las blancas que Julia María empezó a desenvolver a partir de un intercambio de piezas y al no ver que la dama negra tuviera ocasión de salir al ataque. Perdió el viejo la oportunidad de enrocarse en corto, y cuando no le quedó más posibilidad que el enroque largo se descolocó.

Lo voy a hacer papilla, está perdido, pensó Julia María. No no. Si le gano la primera partida así de fácil se va a desanimar.

Entonces la chica aflojó su ataque y dejó que las negras la destrozaran en un final glorioso para don Amaro. Cantó el mate mientras levantaba el puño de su mano arrugada con la emoción de un chiquillo.

Julia María cedió las tablas en la segunda partida y se dejó vencer en la tercera permitiendo un jaque doble al rey y a la dama.

—Juegas bien pero te descuidas mucho —le dijo don Amaro al terminar la sesión—. Avanzas demasiado pronto. Dejas la retaguardia desprotegida.

—Usted es muy bueno —dijo la chica.

—Viejo zorro nada más, viejo zorro —sonrió—. Te veo el jueves.

Antes de regresar a casa de los tíos para la hora de la comida, Julia María se detuvo en la escuela de ajedrez. Ahí encontró a Ramón Ferriz terminando una partida con Odeón, un joven treintañero que venía de ganar un torneo en Cuba. Era guapísimo: el pelo crespo y los ojos muy grandes, negrísimos.

—¿Cómo te fue? —le preguntó Rodrigo Ferriz mientras mordía una de las tortas que se agrupaban en un plato.

—Es malón.

—¿Don Amaro?

—Muy flojo para las salidas y no alcanza a ver más allá de dos jugadas.

—¿De veras? Aquí venía con nosotros y daba buenas partidas. ¿Verdad, Odeón?

—Era batallador y valiente —intervino Odeón mordiendo su torta que chorreaba guacamole—; en el dos mil cuatro, por ahí.

—Así que don Amaro te pareció malón —dijo Rodrigo Ferriz—. Será que le está pegando la demencia senil. Y el Parkinson.

—Pero me dejé ganar.

Odeón se atragantó con la torta:

—¿Cómo que te dejaste ganar? Un ajedrecista nunca hace eso, nunca, aunque juegue con el principiante más principiante.

—¿De veras te dejaste ganar, Julia María?

—No quiero perder el trabajo, es mucho lo que me va a pagar.

En casa del tío Tacho y la tía Josefina se compartía el contento por el empleo conseguido por Julia María. Era una suerte que su sobrina dedicara buena parte de sus mañanas a lo más querido por ella: el ajedrez. Y no era por los seis mil pesos al mes que un viejo enajenado iba a pagarle, le enfatizaba el tío Tacho. Por ningún motivo quería que ese dinero lo aportara a la casa. Es un dinero tuyo, le decía, nosotros tenemos lo suficiente con mi salario de siempre, más ahora que me van a nombrar director del archivo de la tesorería: con eso basta.

Julia María no estaba de acuerdo. Los seis mil pesos íntegros ingresarían a la casa, no faltaba más. Que no, repelaba el tío Tacho. Que sí, insistía Julia María. Que no, que sí, hasta que intervino la tía Josefina para convencer a su marido de aceptar ese dinero, si no toda la cantidad mensual, sí la mitad, lo que ella quisiera aportar para sentirse productiva, parte de la familia; una hija más, no una arrimada.

El tío Tacho terminó aceptando.

—Está bien —acarició suavemente la mejilla de la sobrina—. Si eso te hace sentir mejor, bienvenido lo que quieras darnos, pero no más de la mitad. Tú ahorra la otra parte para cuando entres a la universidad y empieces a vivir tu otra vida.

—Mi vida siempre estará con ustedes —dijo Julia María.

Tanto durante el siguiente martes como el domingo, don Amaro rompió su propia regla de jugar en silencio y se volvió parlanchín, quizás animado por sus fáciles victorias sobre Julia María. Empezó entonces a contar historias relacionadas con el ajedrez. Primero sobre las hermanas Polgar: tres chiquillas de tu edad, más o menos, a las que sus padres decidieron convertir en niñas-genio apenas cumplían los cinco años con la convicción de que los genios como Mozart o tantos que han existido en el mundo no nacen sino se hacen.

—¿Has oído hablar de las hermanitas Polgar…? Cuidado con tu caballo.

—No, nunca.

—Pues son muy famosas. Susana, Judith y la otra ya no me acuerdo cómo se llama, creo que Selma o Ana, no sé. Húngaras o polacas, de por ahí. El caso es que apenas llegaban a los cinco años de edad, como te digo, su padre las obligaba a jugar ajedrez de ocho a diez horas diarias. Nunca salían de su casa; tenían maestros particulares para las otras materias de la escuela y para aprender idiomas. Resultaron campeonas, ya te podrás imaginar. Sobre todo Judith, la mejor, que ha peleado porque las federaciones internacionales de ajedrez permitan a las mujeres participar en los campeonatos donde sólo compiten varones y aspirar a un campeonato del mundo.

—¿Y lo consiguieron?

—Parece que todavía no. Siguen compitiendo hombres con hombres y mujeres con mujeres, aunque esa Judith se enfrentó con Kasparov cuando era campeón del mundo, en una partida de exhibición en Linares España, y ¿qué crees?

—Le ganó.

—No, porque Kasparov hizo trampa; tocó un caballo para moverlo y luego se arrepintió y los jueces le dieron vía libre al campeón, como era de suponerse.

—Qué horrible.

Otro día en que don Amaro no disimulaba su contento por haber coronado un peón que Julia María no detuvo a tiempo, intencionalmente, el viejo le habló de los oficios simbolizados por los peones desde que los caldeos y los griegos inventaron el ajedrez.

—Tú has visto que en las piezas oficiales los peones son idénticos, ¿no?, pero en la antigüedad cada uno representaba al trabajador de un oficio en especial. Así quiso esculpirlo el ebanista de este ajedrez con el que jugamos. Nosotros acomodamos los peones dondequiera, como es costumbre para no perder el tiempo, pero no. El peón que se coloca frente a la torre del rey es un peón labrador que trabaja en la agricultura. Mira cómo el ebanista le puso el detalle de una hoz, ¿ya te fijaste?

—Sí, de veras —dijo Julia María acariciando la figura.

—El peón frente al caballo representa a los carpinteros. Luego sigue, delante del alfil, el peón de los sastres. Delante del rey, el peón de los mercaderes de paños; ahí está por eso uno como pañuelo, muy sutil, fíjate. Luego, frente a la dama: el peón guardián de las ciudades que es el que acabo de coronar. Imagínate la importancia de que un simple guardián se transforma en la máxima autoridad de un pueblo; vaya honor. Y por último el peón caminante, fíjate en el zapatito.

—¿Y eso quién lo decidió?

—Los que inventaron el juego, en la antigüedad, cuando le daban significado a todo. Después se fueron olvidando los símbolos y a nadie nos importa ya. El rey es el rey; por eso se mueve despacio, casilla por casilla, con solemnidad. La dama es la reina, colocada a su izquierda, como el poder tras el trono: la que intriga, la que va de un lado a otro para que su marido conserve el poder. Los alfiles son obispos, insidiosos, siempre deslizándose en líneas diagonales con astucia. Los caballos representan a los hombres de guerra, los caballeros. Y las torres, es obvio, la fortaleza de los castillos del reino; cuando se caen se derriban con ellos los imperios. ¿Te das cuenta de la importancia de saber esos símbolos cuando se juega ajedrez? No es un pasatiempo igual a cualquiera. Es una guerra en serio entre poderes, entre países. Tú eres un reino y yo soy otro y combatimos con nuestros ejércitos para vencer o morir. Un solo juego es un combate que cambia la historia para siempre, ¿te das cuenta?

Julia María respondió que sí, que se daba cuenta y era muy interesante la lección, aunque en realidad le importaba poco. Ella quería jugar cuanto antes la última partida con ganas de terminar su trabajo de esa mañana y el rollo de don Amaro retrasaba el momento. Estaba cansada del esfuerzo por dejarse ganar cada sesión sin que el viejo lo advirtiera. Tenía hambre. Quería irse ya, pero ya, de una vez.

A las tres semanas de haber iniciado aquel trabajo, Julia María se quejó con Rodrigo Ferriz en la escuela de ajedrez:

—Ya cumplí tres semanas y no me ha pagado un centavo.

—¿Tres semanas ya?… Cuatro mil quinientos pesos —calculó rápidamente Ferriz.

—Yo pensé que me pagaría cada sesión.

—En eso quedamos, ¿por qué no me dijiste antes? Cóbrale, Julia María, cóbrale.

176

—Me da pena, va a pensar que sólo me interesa el dinero.

—Ése fue el trato, quinientos cada sesión. Chas. ¿Quieres que yo le reclame por teléfono?

—No no, me da pena.

—Pues díselo tú sin miedo. Además de rico, es un hombre formal que sabe cumplir sus compromisos. Atrévete.

Julia María se atrevió aquel primer martes de mes, mientras don Amaro acomodaba las piezas en el tablero para iniciar la primera partida. Se lo dijo despacito y con voz tan queda que necesitó repetir la frase.

—Ah, sí, de veras, no te he pagado —don Amaro se llevó la mano a la frente como para detener el Parkinson que se le había acentuado en los últimos juegos. A veces el viejo derribaba sus piezas al moverlas y Julia María diligente se apresuraba a levantarlas y a recomponer la posición de las que había desacomodado el accidente—. Tienes toda la razón, no te he pagado, mira qué despistado me he vuelto… ¿En cuánto quedamos?

—Usted se entendió con los Ferriz.

—Sí, claro —sonrió el viejo—. ¿Y en cuánto quedamos?

—Quinientos pesos —dijo tímidamente—. Quinientos pesos por día.

—Y ya llevamos…

—Nueve días, don Amaro. Y con hoy diez.

Se produjo un silencio que acentuó el siseo de los aspersores del jardín, el bello jardín por donde caminaban todas las mañanas viejos y viejas

177

octogenarios. La mano derecha de don Amaro subió hasta su gorra, se la reacomodó inútilmente y penetró luego en la camisa de cuadritos que cubría apenas su chamarra de gamuza negra, la de siempre. Del bolsillo extrajo un billete doblado en dos: un billete de quinientos pesos que alargó a Julia María.

Ella lo tomó. Lo desdobló y lo extendió delante, exhibiéndolo, para que el viejo se diera cuenta de que la cantidad era insuficiente para los cuatro mil pesos restantes.

—No traigo más por el momento —escupió su risita como si hubiera dicho un chiste.

Ella levantó un hombro, enchufó la boca con gesto de evidente molestia y volvió a doblar el billete hasta hacerlo pequeño para guardarlo en su monedero.

Cruzó un anciano de cabeza calva por la terraza; el mismo que solía asomarse a las partidas de don Amaro con Julia María para hacer observaciones impertinentes: "que ese caballo se va a morir", "que ese peón ya se atascó". No sabía jugar, nunca pudo hacerlo con su compañero de residencia porque según don Amaro estaba loquito de la cabeza, pero eso sí, se metía en todo y con todos para molestar, sólo para molestar a los que jugaban damas chinas o baraja o lo que fuera. Esta vez el calvo se dirigió a Julia María:

—¿Ya pudiste ganarle a este vejete inválido?

—Cuántas veces tengo que decirte que no te asomes por aquí —tronó don Amaro—. ¿Por qué no vas a ver su ya cagaron las palomas, pelón?

—Es un farsante, niña, que no te engañe —dijo el calvo y bajó rumbo al jardín chasqueando la boca.

Terminaron de acomodar las piezas. Don Amaro había ordenado sus peones negros obedeciendo el orden de los oficios, mientras Julia María lo había hecho con las suyas en desorden, enfurruñada.

—Anoche estuve pensando en algo que quería decirte —habló don Amaro cuando la chica abrió con peón de dama en la casilla cuatro—. Algo que le diera sabor a nuestros juegos. Algo emocionante, pícaro.

Sin levantar los ojos del tablero Julia María puso los índices sobre la boca como para sellar un silencio propositivo.

—La apuesta está prohibida por los clásicos —continuó el viejo; le temblaba la mano—, pero nosotros podíamos violar la regla, ¿no te parece?, y hacer una apuestita en cada sesión. ¿Qué te parece?

Julia María reaccionó por fin.

—¿Qué me parece qué?

—Jugar de apuesta. Muy sencillo, mira. Si tú me ganas en la sesión por dos partidas a una, por dos partidas y tablas, en fin, por los juegos que juguemos en el día, yo te pago los quinientos pesos. Pero si yo termino ganando esa sesión no te pago nada. ¿Qué te parece?

Don Amaro movió su peón guardián hasta enfrentar al peón blanco de Julia María, quien permaneció quieta más segundos de los necesarios.

—Te gusta salir como Judith Polgar, ¿eh? Ella sale siempre con peón de dama —sonrió el viejo

mientras con la izquierda sujetaba su derecha temblorosa—. ¿Qué te parece esa apuesta?

—Dejando pendiente los cuatro mil que me
debe, ¿verdad?

—Ese es otro asunto.

Julia María trataba de disimular la furia que
sentía. Viejo abusivo, cabrón, avaro. Como siempre me gana porque no se da cuenta de que me dejo
ganar, ahora se inventó el juego de apuesta. Piensa
que soy su pichón y que se va a entretener conmigo
sin soltarme su maldito dinero. Pero va a conocer-
me por fin este cabrón. No me va a ganar nunca;
nunca me va a ganar un solo juego, lo juro por mi
mamacita muerta.

—Juega ya, qué estás pensando, juega —gruñó
don Amaro.

Agresiva, valiente, desarrollando toda la malicia
que había aprendido en la escuela de ajedrez de Ferriz y con Odeón, y ahí también en la residencia para ancianos de Coyoacán compitiendo con ese viejo
zángano que se consideraba un campeón, Julia María le ganó, además de esa partida, las tres que dis-
putaron después.

Don Amaro se veía desconcertado, incrédulo
de lo sucedido, en verdad furioso. Su ecuanimidad
y la aparente dulzura con la que trataba a la muchacha semana a semana se disolvieron de golpe con el
puñetazo que soltó al terminar la última partida de
la sesión.

—Hoy estuve mal, no sé qué me pasó —hizo
girar su carrito de inválido y se alejó sin preocuparse, como siempre lo hacía, en guardar las piezas

de encino y ébano en la preciosa caja de madera. Fue Julia María, sonriente, la que realizó esa tarea.

—Apúntalo en tu libreta —gritó de espaldas desde la estancia—. Uno a cero. Mañana me desquito.

Pero no lo consiguió. Durante tres semanas Julia María derrotó a don Amaro juego tras juego. El viejo sólo consiguió unas tablas que le permitió la muchacha con una pizca de lástima.

Un domingo por la mañana, el tío Tacho y la tía Josefina, con sus hijos, invitaron a Julia María a conocer el bosque de Chapultepec. La muchacha, fascinada por el sitio a pesar de la multitud de paseantes que lo visitaba, quiso subir a una lancha con los niños y el tío José. Tuvieron que aguardar cerca de una hora para conseguir la embarcación. Sólo los niños y el tío Tacho subieron con ella a navegar por el viejo lago en el que según su tío se escenificaba de noche, en temporadas de invierno, *El lago de los cisnes*.

El tío Tacho se mostraba feliz. Era feliz no solamente por el divertido paseo con su sobrina sino porque al fin había conseguido un ascenso en la tesorería de Mixcoac. Mejor que jefe de archivo lo acababan de nombrar director de la tesorería: un nombramiento sorpresivo, importante y prometedor en su carrera por la burocracia.

Luego del recorrido en lancha —la tía Josefina prefirió permanecer en tierra observando gente y más gente— los cinco fueron a comer tacos en una fonda, La Buena Fe de Tacubaya.

Ahí, por vez primera, Julia María les relató lo que llamó su aventura con don Amaro Torres Guzmán.

Ella no había aportado el dinero prometido a la casa —les explicó—, sencillamente porque el viejo resultó ser un avaro asqueroso que le estaba prometiendo pagarle y pagarle y aún no lo hacía. Ya llevaba más de siete semanas y nada. La chica tenía la esperanza de que los Ferriz de la escuela de ajedrez se encargaran del asunto, a ver.

—Por lo que dices de ese señor es increíble Julia María —intervino la tía Josefina—, ¿por qué no nos habías contado? Ten confianza en nosotros. Queremos saber lo que te pasa.

—Es problema mío, ustedes no se preocupen, ya se resolverá.

Ya se resolverá. También eso dijo Rodrigo Ferriz, que conocía la historia detallada porque dos veces por semana, cuando menos, Julia María iba a desahogarse a la escuela con él y con Odeón, aquel joven de pelo crespo y ojos grandes, ajedrecista buenísimo, del que ella se había enamorado secretamente. A veces jugaba con él y él, con extrema paciencia, le rectificaba movimientos, le hacía ver las múltiples variantes de los posibles avances, le prestaba libros con las partidas de grandes campeones. Aprendió muchísimo de Odeón, más que de Rodrigo Ferriz. Era su maestro de ojos como soles, su adorado maestro.

Después de pensarlo mucho, una tarde en que Odeón la acompañaba caminado hasta la casa de sus tíos, Julia María le preguntó:

—¿Tienes novia, Odeón?

El maestro se tensó el cabello crespo y se le dibujó una sonrisa de satisfacción.

—Me casé el año pasado —dijo—. Esther está esperando un niño, o una niña, no sabemos.

Ese fue para Julia María un mate fulminante. Lloró en la noche en su cama, bajo las sábanas, invocando a su madre muerta que se le había convertido en la fotografía de una mujer de cabello largo abrazando de ladito a una niña fea, fea que soy, fea y por eso no me quiere Odeón ni nadie, ni me mira la gente cuando subo al camión o cuando de camino a la residencia cruzo la Plaza de la Conchita y veo cómo ven los chicos a las chicas y a las señoras mayores zangoloteando el trasero y mostrando la rayita del escote y los pechos redondos que yo no tengo porque Dios no me dio más dones del Espíritu Santo que los de jugar ajedrez ni tan bien por cierto según me dice el ingrato de Odeón; y a quién le va a gustar, carambas, una escuincla dedicada a un juego sin ningún atractivo para la gente común, yo no soy Judith Polgar, yo no soy campeona de nada, yo tengo un cuerpo de hambrienta, unos ojos de hormiga y una cabello que necesito cortarme para ver si así se fija alguien y me lleva a remar al lago o hacer una excursión al pico de ese Ajusco que como dice mi tío Tacho es una aventura para los que quieren llegar a la punta donde todo se ve chiquito, chiquito como es mi cuerpo invisible por el esmog, no sé qué voy a hacer con don Amaro.

—Lo que tienes que hacer con don Amaro es ponerle un hasta aquí definitivo —le dijo Rodrigo Ferriz en la escuela de ajedrez—. Yo le voy a llamar hoy en la nochecita.

—No lo llames, por favor.

—Claro que le voy a llamar para decirle que te pague, no faltaba más.

—Se va a enojar.

—No se va a enojar, te lo garantizo. Te va a hacer un cheque y nada de apuestitas de hoy en adelante, ¿eh? Eso díselo tú.

—Qué le digo.

—Amenázalo. Que si no cumple con el acuerdo tú vas a dejar de ir.

Cuando Julia María llegó ese martes a la Residencia Primavera, don Amaro ya la esperaba en su carrito de inválido frente a la mesa de formaica. No había desenrollado aún el tablero de tela ahulada ni extraído las piezas de la caja de madera. Por primera vez desde que iniciaron las sesiones él apareció en la terraza antes de la llegada de la chica. Ella traía suelto el cabello, los labios pintados del rosa suavecito que usaba su tía Josefina. Se sentía acalambrada. También don Amaro parecía inquieto: su mano derecha se agitaba de continuo. La escondió bajo la mesa y la oprimió con la izquierda como quien sujeta un resorte.

—¿Cómo amaneció, don Amaro? —lo saludó como siempre.

Él solía contestar bien o muy bien, pero ahora se quejó.

—Pasé un fin de semana difícil, ando un poco alteradón.

—¿Por qué, don Amaro?

—Vino a verme mi hija, la que vive en Canadá. Quiero llevarme a vivir con ella y con sus hijos.

—¿A Canadá?

Don Amaro hizo girar el carro para alejarse de la mesita.

—¿No te gustaría dar un paseo por el jardín?, hace un bonito sol.

Se dirigió a la rampa y auxiliado por Julia María, que sujetaba por detrás el móvil, bajaron hacia la callejuela por donde pasaba una pareja de ancianos varones. Buenos días don Amaro, le cedieron el paso. Él empezó a hablar con Julia María detrás, conduciéndolo despacio.

—Anoche me llamó Rodrigo, tu maestro en la escuela de ajedrez. Me contó que estaban organizando un torneo para niños en el Parque España, ¿sabías?, con un amigo tuyo que también es maestro ahí y que ganó un campeonato en Cuba.

Rebasaron a una anciana de bastón, jorobada. También los saludó:

—Está rico el solecito, Amaro, está rico, buenos días.

El viejo continuó haciendo girar un poco la cabeza para hacerse oír mejor de Julia María

—Por cierto, me platicó Rodrigo de tus clases para niños, te felicito. Te voy a extrañar mucho ahora que me vaya a Canadá.

—¿Se va a ir?

—Esta es nuestra despedida, hija. Pero no te preocupes, no pongas esa carita de miedo, te voy a pagar todas las sesiones que te debo. ¿Sabes cuánto es?

—No exactamente —mintió Julia María porque en realidad lo tenía bien calculado: veinte días de venir a jugar además de ésta: veintiún días, a quinientos: diez mil quinientos pesos, menos los quinientos que le dio una vez: diez mil pesos. Eso le debía.

Don Amaro mantuvo su mirada sobre los ojitos de la muchacha. Sonrió.

—Antes te voy a contar una historia muy importante para ti, tenme paciencia. Te va a interesar.

La historia era de su padre don Carlos Torres, un gran jugador de los años veinte como ya le había contado Rodrigo Ferriz a Julia María. Resulta que este don Carlos Torres se enfrentó por única vez con el enorme José Raúl Capablanca en el Torneo Internacional de Moscú en 1925. Todo mundo sabe quién fue el cubano Capablanca, ¿verdad?: tercer campeón del mundo de 1921 a 1927; jugador intuitivo, imbatible, que con sus estrategias aparentemente fáciles logró perder sólo treintaiséis partidas: un récord para la historia. Contra él jugó el padre de don Amaro Torres en aquel verano de 1925. Una partida difícil que avanzó hasta finales con un peón de más para Capablanca, quien según los observadores anunciaba el seguro triunfo del campeón. Carlos Torres, sin embargo, gracias a un par de audaces movimientos de su alfil negro obligó sorpresivamente a las tablas. Para un rival del talento de Capablanca, esas tablas conseguidas por un humilde mexicano sin pedigrí en los grandes torneos representaban poco más que un triunfo. Así lo consideraron los jueces y los observadores cuchicheando entre sí. El mismo campeón del mundo se levantó de la mesa y estrechó con sus dos manos, varias veces, la derecha de Carlos Torres. No sólo eso, al día siguiente, durante el desayuno en el restorán del hotel Sebastopol,

Capablanca fue hasta la mesa donde se encontraba el padre de don Amaro para obsequiarle un presente tan insólito como extraordinario.

—Esta caja —explicó don Amaro cuando él y Julia María habían regresado a la terraza de la residencia.

—¿Este ajedrez es de ese campeón? —reaccionó extrañada la chica.

—Del mismísimo Capablanca, del único campeón de ajedrez que ha dado Latinoamérica al mundo, con sus piezas de encino y ébano talladas por un artista francés. Era el ajedrez particular con el que Capablanca viajaba de un país a otro. En él estudiaba y ensayaba jugadas durante las noches, antes de las competencias. Lo maravilloso es que tiene su firma pirograbada en la caja. Mira.

Y don Amaro volteó la caja para mostrar a Julia María la mentada inscripción, indeleble: *J R Capablanca*, escrita, sí, en pirograbado sobre la madera plana.

—Debe ser valiosísima —se atrevió a decir Julia María.

—Tanto que hace unos años un coleccionista que vive en México, Eric Martinson, me ofreció medio millón de pesos por ella. En ese entonces yo tenía mucho dinero y me pareció una bicoca. Insistió, ofreció un poco pero me negué y le dije que me moriría con ella, ¡al diablo! Es una pieza de museo, ¿te das cuenta? Si hubiera un museo de Capablanca en Cuba, serio, bien organizado, yo la habría donado sin pensarlo. Pero como ni existe, aquí está.

—Se la va a heredar a sus hijos, me imagino.

—No, a mis hijos no les importa el ajedrez; ya les dejé todas mis propiedades, qué más quieren: no lo sabrían apreciar.

Don Amaro abrió la caja y extrajo la primera pieza que encontró: un peón negro labrador. Lo acarició con el dedo tembloroso mientras continuaba hablando:

—Mi padre me la regaló un mes antes de morir. Era lo más valioso que tenía, lo único en verdad porque vivió siempre en la pobreza. Fue un regalo maravilloso para mí, imagínate. Con este ajedrez he jugado cientos, miles de veces. Con él jugamos juntos, Julia María, haciéndole el honor a mi padre y a José Raúl Capablanca sin que tú lo supieras. Ahora soy yo el que está a punto de morir, ¿qué me queda?, un año, dos años, lo que diga este Parkinson. Y yo quiero dejártelo a ti.

—¿El ajedrez? —se abrieron lo más que podían los ojos chiquitos de Julia María—. No don Amaro, no.

—Con esto quiero pagarte lo feliz que me has hecho viniendo a jugar conmigo estas mañanas que nunca olvidaré. Puedes quedarte con el ajedrez, o puedes venderlo —se llevó la mano al bolsillo de su chamarra—. Aquí está el teléfono del agente de Martinson, el coleccionista, ojalá siga siendo el mismo —y le tendió un trozo de papel.

—No, don Amaro, no —repetía la chica mientras el viejo le escurría un lagrimón que se limpió con la mano izquierda, la menos temblorosa. Luego hizo girar el carrito de ruedas y rápidamente, llorando quizá, se perdió en el interior de la estancia.

Julia María permaneció inmóvil durante un par de minutos. Hubiera querido llorar como el viejo, al menos que se le empañaran los ojos, pero una extraña sensación de frialdad paralizaba sus emociones y abría paso a un pensamiento de ambición. Era feliz de pronto. Por primera vez en su vida se dijo a sí misma soy feliz, escandalosamente feliz porque don Amaro, a pesar de sus lágrimas y de su gesto generoso no le provocaba compasión alguna. ¿Por qué? Porque era un viejo enfermo, moribundo, mal ajedrecista, que la había enganchado en un trabajo entretenido a veces, aunque más bien latoso cuya presión la atormentaba cada mañana obligándola a pensar ahora debo ganarle, ahora debo perder, ahora cómo hacerle tablas o cómo reclamarle el dinero que tardaba en pagarle. Se lo pagó con creces, tal vez, y eso le impedía sentirse emocionada, compasiva —otra vez el reclamo de la compasión—, y en lugar de la lástima la colmaba la ambición de ese medio millón de pesos que sacarían de sus desasosiegos y apreturas a ella misma y al tío Tacho y a la tía Josefina; ellos sí que merecían su agradecimiento y su cariño, no el viejo loco que le había regalado la fortuna de sus hijos.

Al cruzar por la Plaza de la Conchita, Julia María se encontró con una bolsa de plástico que el viento hacía moverse, casi volar sobre el pasto. La levantó y en ella guardó la caja de ajedrez de Capablanca. Hasta ese momento se dio cuenta de que había olvidado el tablero de tela ahulada en la mesita, qué más da: ése no completa el medio millón de pesos.

No pensó en ir directo a casa de los tíos. Primero con Rodrigo Ferriz, por supuesto, él debería ser quien valorara su tesoro.

No lo encontró en la escuela de ajedrez. El gordinflón de la playera roja de siempre, enfrentado en una partida con uno de los alumnos de Julia María, le informó que estaba en el Vips del distribuidor vial comiendo con Odeón.

Allá fue Julia María abrazada a su bolsa de plástico, y ahí los encontró, en una mesa junto al ventanal.

Odeón bebía una taza de café; sonrió al verla. Rodrigo Ferriz no terminaba aún su postre de duraznos en almíbar; le preguntó:

—¿Cómo te fue, te pagó por fin?

Julia María meneó la cabeza mientras tomaba asiento.

—Sí, de algún modo.

La invitaron a comer aunque ellos ya habían terminado, no importa, y Julia María pidió un sándwich de jamón. Entre que se lo llevaba la mesera y lo comía, les narró la historia de don Amaro Torres Gaitán de principio a fin. Terminó cuando ella sacó de la bolsa de plástico el ajedrez de Capablanca. Se los mostró.

Odeón abrió la caja y examinó algunas piezas.

—Qué maravilla de ajedrez.

Rodrigo Ferriz observaba a Julia María con un gesto extraño, como de molestia, como de enfado.

—Yo sé de este argüende desde hace varios años —gruñó Rodrigo Ferriz—. Este don Amaro es un caso.

—¿Todo es mentira? —se asustó la chica.

—No sé qué es verdad ni qué es mentira, pero voy a ir por partes. En primer lugar no es un hecho histórico que Carlos Torres García, el padre de don Amaro, haya estado en ese torneo de Moscú del año veinticinco. El que sí estuvo, y así consta en la historia, fue Carlos Torre Repetto, nuestra gloria nacional.

—Se llamaban casi igual —dijo Odeón sin dejar de examinar las piezas talladas.

—Una cosa es Carlos Torres García y otra cosa es Carlos Torre Repetto —replicó Rodrigo Ferri—. Y fue Torre Repetto el que le hizo tablas a Capablanca en el torneo de Moscú, como pueden consultarlo en el libro de Gabriel Velasco en el que recopila casi todas las partidas de Torre Repetto.

—Entonces qué, ¿el padre de don Amaro se agandalló el honor? —interrumpió Odeón.

—Espérame tantito, Odeón, no me interrumpas. Lo que sí es inverosímil es que un tipo como Capablanca, farolón, muy sobrado de sí mismo, haya felicitado a alguien porque le hizo tablas en una partida. Al contrario, debe haber salido de ahí furioso; cómo diablos un mexicanito casi desconocido le da un golpe así a su orgullo. Por eso es más inverosímil todavía que le haya regalado luego este ajedrez maravilloso.

—Pero aquí está la firma pirograbada —señaló Odeón volteando la base de la caja.

—Eso sí parece rarísimo, ¿verdad? Cómo fue a dar un ajedrez así a manos de ese impostor, el padre de don Amaro.

—Se lo robó a Torre Repetto —dijo Odeón.

—O lo más obvio: que el ajedrez no es de Capablanca.

—Entonces el padre de don Amaro —se continuó entrometiendo Odeón— falsificó la firma en un ajedrez que mandó hacer o se robó de alguna parte.

—Mira, Julia María —continuó Rodrigo Ferriz—. Ningún biógrafo de Capablanca, ningún cronista de la época, habla de que Capablanca haya tenido un ajedrez portátil que anduviera trayendo de aquí para allá en los torneos. Te lo digo porque yo estuve metido en este lío. Fue don Amaro el que buscó a ese coleccionista sueco, no al revés. Y fue el agente de ese coleccionista sueco, el que tienes ahí anotado con su teléfono…

—Aurelio Reyes —leyó Odeón el papelito— el que me buscó para pedir mi opinión de experto sobre la autenticidad del ajedrez de Capablanca. Don Amaro empezó pidiendo un millón de pesos y se bajó hasta el medio millón, que fue cuando yo intervine y lo investigué en un dos por tres y le dije que lo que te acabo de decir. Don Amaro lo sabe, lo supo siempre, hasta me reclamó por mi informe. Yo pensé que había dejado en paz el asunto, ya no parecía enojado, cuando me pidió una persona que fuera a jugar con él. Te mandé a ti, Julia María

—Pero qué gana entonces don Amaro regalándole a ella el ajedrez de Capablanca.

—No sé: hacerse el bueno con ella, no pagarle las sesiones, no sé.

—El ajedrez es precioso, eso sí —dijo Odeón—. Vale un buen dinero.

—Las piezas no son de encino español ni de ébano —dijo Rodrigo Ferriz—, eso también lo investigué. Pero es cierto, Odeón, vale mucho más de los diez mil pesos que no te pagó don Amaro. Puedes conseguir un buen cliente, si quieres yo te ayudo.

Julia María había permanecido en silencio durante todo el alegato de Rodrigo Ferriz y las interrupciones de Odeón. Parecía otra vez una estatua, sin expresión alguna en el rostro, sin dolor, sin rabia, seca como una planta marchita en la residencia de los marchitos ancianos. Empezó a guardar en la caja las piezas que Odeón había esparcido sobre la mesa. Odeón mismo le ayudó a meterlas.

—¿Qué piensas, Julia María? —le preguntó.

Ella levantó el rostro. Habló con absoluta tranquilidad:

—Ustedes saben mucho de ajedrez y de historia del ajedrez y de torneos y campeones, pero yo jugué con estas piezas que tal vez no son de encino ni de ébano y a pesar de todo lo que me dicen tienen la magia, la magia, Odeón, de ese campeón del que nunca había oído hablar. Hasta ahorita entiendo a don Amaro, qué tonta fui. Éste es el ajedrez de Capablanca.

Julia María tomó la caja, se levantó, salió del Vips y se fue caminando despacito hasta su casa de Mixcoac.

El flechazo

—¿*Por qué no escribes cuentos de amor, abuelo?* —*me preguntó un miércoles en la tarde mi nieta Ireri.*

—*Todas las historias que escriben los que escriben tratan sobre eso* —*le respondí*—: *el amor o el desamor, aunque a veces no quede muy claro.*

—*No, abuelo, tú sabes lo que quiero decir: historias de amor amor, románticas.*

Sonreí, me quedé pensando.

—*Bueno, mira, voy a tratar de escribir un cuento romántico especial para ti. A ver qué se me ocurre. Ojala salga bien y te guste.*

Sentado frente a ella en la sala de espera del doctor Careaga, esperando a que se desocupara, Juan Manuel no quitaba la vista de la muchacha. Era linda de verdad; tendría como dieciocho, diecinueve años, el rostro pálido ligeramente sonrosado, las pestañas largas y el cabello flotando hasta los hombros. Sobre un vestido sencillo estampado de flores se atisbaban bajo el escote los pechos que ella trataba de disimular tras la mesita de la recepción. Leía un libro abierto como a la mitad, concentrada, escondiéndose también de la mirada de Juan Manuel: fija, constante, se diría que pertinaz.

En la sala de espera del doctor Careaga aguardaba una anciana de aire triste, de seguro enferma, envuelta hasta la cabeza con un rebozo. También una pareja de campesinos: el hombre altote, fornido, despatarrado en la incómoda silla; la mujer con el rebozo caído y un evidente embarazo de siete meses cuando menos. Los dos en silencio.

La chica era desde luego la recepcionista porque a ella se había dirigido Juan Manuel cuando llegó con su mochila de cuero y se presentó como visitador médico de media docena de empresas farmacéuticas. Necesitaba ver al doctor para encomiarle las ventajas de algunos productos y obsequiarle las muestras correspondientes.

—Tendrá que esperar a que el doctor se desocupe —le dijo la muchacha señalando con la cabeza a la pareja de campesinos y a la anciana enrebozada.

Fue lo único que la muchacha habló con él. Juan Manuel tomó asiento en la silla de madera, depositó la mochila en el piso, mientras ella se hundía en la lectura del libro.

A los veinte minutos salió del privado del doctor Careaga un hombre con un palo como prótesis en el muñón izquierdo de una pierna y el dolor o el hastío de quien se siente fastidiado para siempre. El médico lo despidió:

—Mucha ánimo, Anselmo, mucho ánimo.

Juan Manuel alcanzó a ver apenas el perfil del doctor Careaga. No lo conocía, era la primera vez que estaba ahí. Lo imaginaba menos viejo: sin la calva y sin el cabello totalmente blanco que le sobrevivía en capas simétricas enmarcando un gesto bonachón. Por lo menos se ve una buena persona, pensó, ojalá le interesen las nuevas medicinas.

De inmediato entraron la mujer embarazada y el altote fornido mientras el cojo le entregaba a la chica lectora un billete arrugado.

—Ya oyó al doctor, don Anselmo, mucho ánimo —dijo ella cuando el hombre abandonaba la sala de espera. Y volvió a la lectura.

Ahora la única paciente por ser atendida era la anciana enrebozada, que empezó a dormitar.

A los cinco minutos Juan Manuel se atrevió:

—¿Le interesa mucho?

La chica levantó la cabeza con desconcierto.

—Lo que está leyendo —precisó Juan Manuel.

La sonrisa era maravillosa. Enderezó el libro para mostrarle la portada y decir:

—Es una novela.

—Ah, *Madame Bovary* —exclamó Juan Manuel—. La he leído dos veces. ¿Le gusta?

—No me gusta la mujer. Es infiel. Es muy fea persona.

—Sufre mucho.

—No me gustan las mujeres que sufren.

—Usted no es de ésas, me imagino, se ve muy feliz.

—Soy feliz leyendo… aunque este trabajo… —dudó en continuar.

—Le aburre, lo hace por necesidad.

—Por necesidad no, lo hago para ayudar a mi tío —y señaló hacia el privado del doctor Careaga—. ¿A usted le gusta su trabajo?

—Cómo no, viajo mucho por todo el Bajío: Guanajuato, Querétaro, Morelia. Es la primera vez que estoy en Salvatierra.

—¿Y le gusta Salvatierra?

—Llegué anoche apenas y pienso que sí. Me estoy hospedando con la señora Rosa, ¿la conoce?

—Es mi madrina, una mujer buenísima. La quiero como a pocas personas en el mundo. Muy linda.

—No tanto como usted.

—Ay no me diga eso por favor.

—Es la verdad. La he estado mirando todo este tiempo y me parece la muchacha más linda que he conocido en la vida.

—Por favor, señor —se turbó de inmediato—, yo no sé nada de usted.

—Le dije mi nombre cuando llegué: Juan Manuel Arozamena, representante de productos farmacéuticos. ¿Y el suyo? ¿Su nombre?

—Es muy feo mi nombre.

—No lo creo.

—Glafira.

—Ah, pues es muy bonito, muy original. No conozco a nadie que se llame Glafira. Le va muy bien.

Ella se avergonzaba, sonreía.

—Me lo pusieron por la madre de mi papá, pero a mí no me gusta.

A partir de ese momento se desencadenó la charla a punta de preguntas del muchacho, que se mostraba ávido por averiguar lo más posible de la chica. Que había nacido ahí, en Salvatierra. Que su padre era jefe de Recursos Hidráulicos en la zona desde que llegó hacía veinticinco años, cuando empezaban a desarrollarse obras importantes en Guanajuato y Michoacán. Que su madre había muerto cuando ella tenía seis años. Que en lo que soñaba desde muy niña era en convertirse en pianista; una maestra le dio clases hasta hace muy poco tiempo, venía de Celaya dos veces por semana pero ya no pudo continuar porque necesitó irse a México, a donde ella quería irse también a seguir sus estudios, más bien a iniciarlos de manera formal en alguna escuela de música para convertirse en concertista profesional, lo que significa tocar en recitales con grupos y hasta con orquestas y viajar por el mundo tocando el piano y volverse famosa.

—¿Y usted?

—Háblame de tú.

—¿A usted le gustaría ser famoso?

—De tú, Glafira, de tú.

—¿Te gustaría ser famoso, Juan Manuel?

—En mi trabajo nadie se vuelve famoso; aunque bueno, sí, me gustaría ser dueño de una farmacia… de dos, de una cadena de farmacias tal vez, algún día, no sé, nunca había pensado en eso.

Hubieran podido seguir intercambiando historias personales —ella de los libros que leía, casi todos de aventuras románticas como *Pablo y Virginia* o *María* de Jorge Isaacs que la hizo llorar mucho; él de sus andanzas en el beisbol de chamaco como primera base de Los Petroleros, o también de sus lecturas de Emilio Salgari y Mark Twain durante sus largos viajes en camión por la república, o de sus numerosos hermanos anclados en Tampico, todos menores que él—, pero se abrió la puerta del consultorio, por donde salió la anciana enrebozada. El doctor Careaga lo llamó:

—Adelante, joven, adelante.

Aunque el médico se veía notoriamente cansado, con los ojos enrojecidos detrás de sus gafas redondas, se portó muy atento al discurso de Juan Manuel sobre la oferta de medicamentos.

Eufórico, el muchacho hablaba con la convicción de que aquellos productos eran la última palabra contra dolores, virus, bacterias. Surtió en seguida a su cliente de folletos explicativos y de una buena dotación de muestras médicas empacadas en cajas diminutas. El doctor Careaga a cambio, para poder recetarlas, dijo, lo envió a ofrecer sus productos a dos farmacias de Salvatierra: la Farmacia del Socorro y la Farmacia del Buen Pastor; además de prometer recomendarlo con dos más en Celaya y algunas otras de poblaciones vecinas como Uriangato, Yuriria, Moroleón.

Salió contento Juan Manuel de su exitosa entrevista. De lo que se extrañó y le dolió fue de no encontrar a Glafira en la recepción. No había más pacientes en la sala, ¿sería por eso?

Empezaba a oscurecer y soplaba un viento frío por la calle mientras el muchacho clavaba su pensamiento en Glafira: en sus pestañas largas, en su sonrisa, en su escote inquietante. ¿Por qué había huido del consultorio?, ¿por eso, por la ausencia de pacientes?, ¿o había huido de él inexplicablemente por temor a pesar de una charla tan interesante para ambos? Pero si ella estaba feliz, parecía feliz, pensó.

No, no fue un escape, fue que siendo ella una chica provinciana necesitaba regresar a casa temprano apenas oscurecía para no preocupar a su padre. Dónde encontrarla ahora, por Dios, dónde. Tal vez preguntando a cualquiera por la casa del ingeniero jefe de Recursos Hidráulicos; le sabrán decir. No, mejor a la señora Rosa de la casa donde se hospedaba en una esquina de la calle Hidalgo. La señora Rosa le daría no sólo la dirección de su ahijada —porque Glafira era su ahijada, se lo dijo— sino también más información de quien de pronto se le imponía como obsesión: la muchacha de sus sueños encontrada cuando menos lo imaginó, igual que en una de esas películas que escogía siempre su madre en el cine Primavera de Tampico.

Luego de vacilar por las calles, de repetir el nombre de la primera mujer que de veras lo había perturbado —ni de lejos Paquita, ni de lejos Toñita Maldonado la de los ojos de hormiga— Juan Manuel entró en la casa de la señora Rosa. Era el único huésped y podría sentirse en confianza con esa mujer un poquito pasada de peso pero tan platicadora desde la noche anterior, cuando él llegó.

La señora Rosa, atentísima, le sirvió de merendar un par de sopes con chorizo y un vaso de leche, ¿no quiere un cafecito de olla? Él le pidió que se sentara un momento a su lado, si no tiene inconveniente, porque necesitaba preguntarle sobre Glafira.

—¿La conoció? —se sorprendió la señora Rosa—, es mi ahijada.

Juan Manuel le contó de su encuentro en el consultorio del doctor Careaga al tiempo que ella sonreía con un gesto pícaro, muy divertida. Más cuando él le soltó:

—¿Tiene novio Glafira?

—Muchos pretendientes —exclamó la gordinflona haciendo tutiplén con los dedos—. Novio novio, que yo sepa, no. Si acaso un joven ingeniero de Guadalajara que trabaja con su padre como topógrafo en los canales de riego anda loquito por ella desde principios de año.

—¿A ella le gusta?

—Entre que sí y entre quién sabe, porque el tal Gustavo, se llama Gustavo, es medio tomador. A veces llega del campo por las tardes con unos tragos de chínguere entre pecho y espalda que se toma en la tienda de Pascacio, luego la busca en su casa o en el consultorio del doctor Careaga haciendo un escándalo que para qué le cuento. Después le pide perdón y parece que ella se lo da porque fuera de eso es muy lindo, además de muy guapo. Le manda flores, le lleva serenatas.

—El padre de Glafira qué dice.

—A su papá no le gusta, claro. Un día, según me contó Glafira, estuvo a punto de mandarlo de regreso a Guadalajara después de un escándalo de ésos. Si no lo despidió fue porque Glafira le rogó y le rogó.

Juan Manuel guardaba silencio mientras se zampaba los sopes de doña Rosa. Ella no le quitaba la vista con su gesto pícaro.

—Ay, muchacho, si le gustó mi ahijada ese ingeniero Gustavo va a ser un rival muy difícil.

—Dónde vive.

—¿Mi ahijada? Frente al parque principal, en una casota grande pintada de gris —alzó los hombros—. Creo que es el número quince.

—¿Y si voy a buscarla ahorita?

—No son horas muchacho, ya casi dan las nueve. Espérese a mañana.

—Mañana tengo mucho quehacer, señora Rosa. Conseguir pedidos en las farmacias de aquí, ir a Celaya, a Yuriria, un montón de mandados urgentes.

—Pero hoy no, le digo, sería contraproducente. Se acaban de conocer.

Juan Manuel se limpió los dedos con la servilleta de papel. Bebió de un tirón el vaso de leche. Se levantó.

—Entonces nada más voy a dar un paseo por aquí. Muchas gracias por los sopes, señora Rosa, estaban muy ricos.

Salió a la calle alisándose el cabello,

Desde luego su paseo por Salvatierra se orientó directo hacia el parque principal bordeado por ficus en forma de cubos a los que iban a refugiarse los zanates.

La casona tenía el número diecisiete, no el quince, pero no había quince. Era la mejor, la más grande del lugar. Juan Manuel la observó desde la banqueta del parque. Tenía tres ventanas en arco hacia la calle protegidas por cortinas de encaje, más un portón de madera. En una de las ventanas se filtraba la luz. Sí, estaba recién pintada de gris, con un lambrín de ladrillos barnizados. Sin duda era la propiedad de un hombre importante de Salvatierra cuya hija vivía asediada por los jóvenes del pueblo, no sólo a causa de su belleza sino por su nivel social más alto que el suyo, desde luego, inalcanzable para un pobretón visitador médico que nunca lograría satisfacer las ambiciones de su novia, de su mujer, de la madre de sus hijos: ser una pianista de fama nacional y hasta internacional.

Sueños guajiros los tuyos, muchacho, estaría pensando ahora la señora Rosa. Tienes muy poco que ofrecer a mi ahijada, menos de lo que puede darle un ingeniero topógrafo con título profesional y buena paga. ¿Te quedarás a vivir con ella en Salvatierra? ¿Trabajando en qué? ¿Siguiendo como visitador médico en continuo movimiento de aquí para allá de un pueblo a otro, de una ciudad a otra sin parar? ¿Eso le gustaría a ella? ¿O estás pensando en el dinero de su padre para aprovecharlo a costillas de tu mujer? ¿Qué pensarían tus padres, tus ocho hermanos que esperan de ti un futuro de hombre pródigo, ejemplo y sustento de una familia venida a menos desde el desastre que arruinó para siempre los negocios de tu padre?

¡Al diablo!, se dijo Juan Manuel en el momento de avanzar hasta el portón de la casona coronado por un luminoso arbotante. Empuñó el aldabón en forma de diablo de bronce y lo azotó dos veces contra el metal. Repitió la llamada segundos después. Aguardó.

Tuvo suerte, quien abrió la gran puerta de madera apolillada fue Glafira. Sobre su vestido estampado de flores traía un suéter abierto de color naranja que dejaba a la vista el escote.

La sorpresa le agrandó los ojos a la muchacha.

—¿Qué está haciendo usted aquí?

—Vine a oírte tocar el piano, Glafira.

—¿A estas horas?

—En la noche se oye mejor la música.

—Está loco —exclamó Glafira encogiendo los hombros.

—Loco sí, porque también vine a decirte que me enamoré. Así —titubeó él—, así... me enamoré de ti de repente... así, para siempre.

El arbotante hacía brillar el semblante de Glafira. Se había paralizado. Continuaba inmóvil cuando murmuró con suavidad:

—Pero Juan Manuel...

Él se aproximó, tendió el brazo y puso su mano en el hombro de la muchacha. Entonces la besó en los labios con enorme dulzura.

En lugar de apartarse con brusquedad o plantarle una cachetada, Glafira correspondió al beso cerrando los ojos durante segundos. Luego giró rápidamente para quedar de espaldas y desapareció con el crujido de la puerta al cerrarse de golpe.

Juan Manuel tiritaba de emoción. Caminó lentamente hacia el parque, feliz, todavía sin entender lo que acababa de ocurrir. Los graznidos de los zanates parecían aplaudirle escondidos entre las ramas de los frondosos ficus.

Tardé dos semanas en escribir este cuento ubicado en la Salvatierra que conocí en los años cincuenta. Lo pasé en limpio, lo corregí y se lo entregué a mi nieta

Ireri un miércoles por la tarde. Al siguiente miércoles llegó a la casa y subió a mi estudio.

—¿Te gustó el cuento?

—Todavía no termina, ¿verdad?, apenas está empezando.

—La historia de Juan Manuel y Glafira va a seguir, claro, porque son jóvenes y les pueden pasar muchas cosas buenas o difíciles, pero el cuento se acaba ahí con el beso.

—¿Y por qué se acaba ahí si no ha pasado casi nada?

—Porque no conozco la historia completa.

—Cómo que no la conoces si tú la escribiste, abuelo.

—Escribí el cuento, no la historia, y de esa no sé más, ¿me entiendes?

Mi nieta Ireri apretó las cejas, se quedó pensativa un buen rato y por fin me regaló su bellísima sonrisa:

—Ya te entendí, abuelo, ya te entendí.

La pequeña espina de Alfonso Reyes

Para incitarnos a leer, para que no perdiéramos la costumbre inculcada por él mismo de regalarnos libros de la colección argentina El Molino (*Cuentos japoneses, Cuentos chinos, Cuentos de los hermanos Grimm, Cuentos alemanes*) y luego Julio Verne, Emilio Salgari, Mark Twain, mi padre se suscribió a *Selecciones del Reader's Digest*.

La revista tamaño bolsillo llegaba a la casa cada mes, y mi hermana Celia y yo nos la disputábamos para leerla antes que los demás hermanos. Mi sección favorita era "Mi personaje inolvidable", que contenía —siempre condensadas de revistas norteamericanas como *Saturday Review* o *New Yorker*— semblanzas de personajes notables que parecían cuentos. Recuerdo apenas la de Rockefeller, la del violinista niño Yehudi Menuhin, la de Pasteur, la de Madame Curie. Lo que más me atraía de esas semblanzas era su inicio, casi siempre con una anécdota y obedeciendo —según supe después— a una fórmula prototípica del periodismo norteamericano. Una anécdota sabrosa, sugestiva, quizás imaginaria.

Andaba yo por los veinte años, y esa fórmula de anécdota inicial me resultó muy útil en los primeros cuentos que pergeñaba; la sigo utilizando ahora, a veces.

Tal era el valor que les concedía a los cuentos de "Mi personaje inolvidable" que los recortaba de la revista y los guardaba en una carpeta azul. Ahí escondía esos tesoros literarios junto con otros incípites recogidos en revistas y diarios. Soñaba con ser escritor algún día.

Muchos años más tarde, cuando impartía clases de periodismo en la Septién García, leía a mis alumnos esas semblanzas para que utilizaran la técnica en sus reportajes en sus crónicas.

—Así deben iniciar un texto —les decía— para enganchar al lector. Con una anécdota, muchachos, siempre con una anécdota.

Algunos me pedían prestados los recortes y yo se los iba regalando. Así quedó vacía mi carpeta azul.

Entre los textos del *Reader's Digest* que no olvidé nunca se hallaba una semblanza de mi admirado Julio Verne ilustrada a colores con el dibujo de un elegante pelirrojo llegando a una oficina. Si lo recuerdo ahora con exactitud es porque ese texto condensado provocó en 1954, apenas apareció, un ruidoso escándalo en nuestro ambiente cultural.

Yo ignoré por supuesto aquel escándalo, alejado como estaba en ese entonces de los cotilleos de la pujante inteligencia del país, y de no ser porque mi hermano mayor me había hecho leer *Visión de Anáhuac*, poco sabía de Alfonso Reyes.

¡Porque Alfonso Reyes era ni más ni menos el objetivo y la víctima del escándalo de 1954! Don Alfonso Reyes, el sumo pontífice de nuestra cultura, el escritor a quien veneraba la mayoría y a quien celaba o criticaba —en consecuencia, como suele suceder— una porción de inconformes y rebeldes.

De ese amor y desamor a Alfonso Reyes escribió alguna vez Ricardo Garibay como para escanciar el clima imperante de la época. Vale la pena releerlo:

Creo que soy leal en mi devoción y en mi derecho al retobo. Tengo conciencia de los dos extremos. Y la conciencia me viene de una anécdota simplona que recuerdo con frecuencia desde 1949. Entonces todos los suplementos dominicales machacaban y machacaban con Alfonso Reyes. Una especie de pugilato a ver quién lo alababa y mejor, quién se le rendía más hasta el fondo. Siento que lo estábamos descubriendo y pasaba la época de veneración a Vasconcelos. Y estábamos tomando café y alaraqueando en los altos de la Librería de Cristal, frente a Bellas Artes. Y Reyes iba y venía en la grita. Y gritó Jorge López Páez:

—¡Ya va siendo tiempo de que alguien escriba una página para poner en su sitio a este señor, que nos tiene hartos, ya!

—Sólo que —dijo Enrique González Casanova, devotísimo de Reyes— va a estar muy cabrón "poner en su sitio", con una página, a más de ciento cuarenta libros, muchos de ellos magistrales.

Poco sabía pues de Alfonso Reyes y nada de ese escándalo de 1954 cuando el patriarca era ya miembro de la Academia Mexicana de la Lengua, fundador de El Colegio Nacional y el primero en recibir el Premio Nacional de Ciencias y Artes en la rama de Literatura, cuando lo decretó Manuel Ávila Camacho. Se le candidateaba además, desde México, para que la Academia Sueca le otorgara el Premio Nobel.

Del escándalo supe treinta y cinco años después en vísperas del centenario del nacimiento de don Alfonso. Alguien llegó a la sección cultural de *Proceso* —Miguel Ángel Flores, tal vez— y nos revivió a Armando Ponce y a mí lo que consideramos una anécdota, más que un chisme; una travesura, más que un hecho brutal.

El escenario del crimen se ubicaba en las páginas de aquel memorable número de *Selecciones* donde aparecía la semblanza de Julio Verne, tan apreciada por mí.

El texto era la condensación de un escrito de George Kent en el *Saturday Review* de junio de 1954. Se titulaba *El señor imaginación* y en sus párrafos iniciales se leía:

Allá por los años 1880 un hombre alto y con barba pelirroja fue a visitar al Ministro Francés de Cultura y Educación. La recepcionista miró la tarjeta del hombre y su cara se iluminó. Apuradamente salió detrás de su escritorio y le acercó una silla al visitante.

—Señor Verne —dijo con reverencia—, por favor siéntese, debe estar usted cansado de tantos viajes como ha hecho.

También Alfonso Reyes leyó esa semblanza en septiembre de 1954. Por supuesto no la leyó en *Selecciones de Reader's Digest* —ignoraba la existencia de la condensación aparecida meses antes— sino directamente en *Saturday Review*.

Entonces, casi de inmediato, escribió para su columna Burlas Veras del semanario *Revista de Revistas* su habitual colaboración titulada simplemente "Jules Verne".

Aunque el texto tenía sólo dos cuartillas —en lugar de las diez del artículo de Kent—empezaba así:

Allá por los años de 1880, un funcionario francés del ministerio de Instrucción Pública recibió la visita de un caballero pelirrojo y barbitaheño y, al leer el nombre de su tarjeta, acercó prontamente un sillón y se deshizo en ceremonias:

—¡Siéntese usted, señor Jules Verne! ¡Tras de tantos viajes y aventuras, debe de estar usted fatigadísimo!

Aunque la anécdota era igual a la imaginada por George Kent, la de Reyes obviaba a la secretaria, y el funcionario no era el ministro francés de Cultura y Educación sino un subalterno de Instrucción Pública. También variaban palabras de la redacción y nuestro candidato a Premio Nobel subrayaba la descripción de Verne no caracterizándolo como "de barba pelirroja" sino como "pelirrojo y barbitaheño".

Los segundos párrafos, el de Kent y el de Reyes, prolongaban "el cansancio del novelista" con redacciones semejantes.

El de Kent:

Julio Verne debe haber estado exhausto. Había viajado alrededor del mundo 100 veces o más —una vez lo hizo en 80 días—. Había viajado 60,000 millas bajo el océano, había estado en la luna pidiendo raid *entre cometa y cometa, explorando el centro de la tierra, hablando con los caníbales de África, los "bushmen" de Australia y los indígenas de Orinoco.*

El de Reyes:

Al sedentario de la torre de Amiens, que apenas salía de su gabinete en forma de camarote, atestado de libros, mapas y esferas, el honrado funcionario le atribuía en realidad el haber dado cien veces la vuelta al mundo —cierta ocasión, en ochenta días—, el haber completado 20,000 leguas de viaje submarino, una excursión de cohete a la Luna, otra al centro de la Tierra, varias exploraciones entre los caníbales de África, a los bosquimanos de Australia, a Las Indias, al Orinoco, etc.

Sin embargo, pese a la diferencia de matices y de sintaxis entre ambos textos, estalló la polémica periodística merced a la popularidad de *Selecciones del Reader's Digest.*

Se lanzaron gritos y se rasgaron vestiduras.

¡Plagio, plagio!

El primer grito partió de Jorge Munguía, el descubridor de la anécdota de Kent recreada por Reyes, en una revista cultural de Guadalajara de nombre *Creación*, órgano del Bloque de Intelectuales y Librepensadores de Jalisco.

La revista *Creación* estaba dirigida por Ramón Rubín y su jefe de redacción era precisamente Jorge Munguía. Rubín aceptó para su publicación el texto delator pero lo atemperó con algunos toques de ironía.

Don Alfonso no es un escritor de temas originales —se atrevió a exagerar Munguía—. *Se especializa en refritos pero goza fama de excelente gramático. Y con semejante título podría servir para candidato a Premio Nobel, y hasta nosotros lo apoyaríamos de no haber encontrado en lo de gramático una sensible falla. Se está olvidando de poner en su lugar las comillas, cuando éstas llenan una regla de ortografía tan importante o más que las desempeñadas por los puntos y las comas.*

A la denuncia de Munguía siguieron las de José Guadalupe Zuno y las del implacable Jesús Arellano en *Metáfora*. Esta revista, a la que apodaban "Mentáfora", se había caracterizado desde su fundación por los continuos ataques al "rey San Alphonso"; insultos que eran rebotados con invectivas como las de Salvador Azuela, que llamaba a la gente de Arellano —según testimonió Humberto Musacchio en su *Historia del periodismo cultural en México*—: "comadres de vecindad que todo lo reducen a chismorreo e intriga", "enanos del tapanco de nuestra crítica", "chaparros intelectuales".

Esta vez, Zuno aprovechó la ocasión para referirse al "limosneo" del Premio Nobel para Reyes. Escribió:

Son ya muchas las universidades que se niegan a limosnear el Premio Nobel aduciendo, como convincente razón, la de que si hay un jurado para decidir sobre quién lo merece, salen sobrando peticiones que no hacen más que alarmar a los jueces y que desprestigian a México porque dan a entender que aquí los premios se otorgan a los amigotes.

Por su parte Rubín afirmó, años después, haber sufrido represalias. "Caí de la gracia de los incondicionales de Reyes —dijo—, hasta me quitaron el habla." En el Fondo de Cultura Económica le suspendieron la segunda edición de su novela, *La bruma lo vuelve azul*, y no fue sino hasta ya transcurrido tiempo —explicó— cuando gracias a su amigo Francisco Monterde publicaron en el Fondo esa segunda edición y tres libros más de narrativa.

A las invectivas contra Alfonso Reyes respondió Raúl Villaseñor, que era un reseñista bibliográfico de la revista *Humanismo* dirigida por Mario Puya. Villaseñor tenía además una columna en *El Nacional*, Torre de vigía, y ahí la emprendió contra Jorge Munguía por haber empleado "el puntilloso aguijón de la sapiente ignorancia"; lo llamó "ilustre desconocido", lo acusó de "fatuidad engolada" y terminó enalteciendo a Reyes, "que tiene el respeto de los más altos representantes de la cultura, no sólo del mundo de habla hispana, sino de aquéllos que tienen noticia de los aportes que ha realizado en todos los sectores del conocimiento que interesan a los moradores de todo el orbe".

Tan desafortunada resultó la defensa de Villaseñor que el propio Alfonso Reyes le envió una carta como para decir "no me defiendas, compadre".

Si era necesaria una respuesta a las acusaciones —dijo Reyes—, la escribiría él mismo en *Revista de Revistas*. Así lo hizo, pero cuando se la entregó a Villaseñor para que la llevara al semanario se arrepintió en el último momento.

—Para qué avivar el fuego del escándalo —dijo don Alfonso a Villaseñor—. No quiero más problemas.

En lugar de tirarla al cesto de basura o hacerla cachitos, Raúl Villaseñor decidió guardarla como un recuerdo de su maestro. Eso lo descubrió

Armando Ponce en 1989, cuando trabajábamos para *Proceso* el reportaje sobre el mentado incidente.

Sin la carta aclaratoria de Reyes el texto quedaría incompleto —pensó Ponce—, en suspenso. Así que fue en búsqueda reporteril de Raúl Villaseñor. Que por aquí, que por allá. No era fácil, habían transcurrido treinta y cinco años y nadie recordaba ya aquel efímero episodio.

Ponce encontró por fin a Villaseñor y con mañas y artes de periodista terminó convenciéndolo de que era importante para la memoria del maestro, a cien años de su muerte, hacer pública su defensa contra las invectivas recibidas, sobre todo las de Jorge Munguía, jefe de redacción de la revista *Creación*.

Esto escribió Alfonso Reyes, en su misiva aclaratoria, inédita:

Ante todo, una cuestión de estilo. El Sr. Munguía, a propósito de mi frase "un caballero pelirrojo y barbitaheño", observa: "¡Lástima de la redundancia, pero era necesario meter esa palabreja!" Naturalmente: procuré esa redundancia para meter esa palabreja. Ni en español ni en ninguna otra lengua literaria son viciosas ciertas reiteraciones.

[...] Es evidente que tuve a la vista el artículo de Kent. Pero él no inventó la anécdota que yo he contado siguiendo su fraseo, porque me pareció bien contada. [...] En mi propio artículo, algo más adelante, y precisamente después de la anécdota que también trae Kent, digo textualmente: "Esto lo saben ya todos más o menos." Y como el caso es bien conocido, me pareció que eso bastaba.

Mal pudo mi nota ser "idéntica" al artículo de Kent, como dice mi acusador. Este artículo ocupa varias páginas, y la primera parte o única parte discutida de mi nota sólo ocupa treinta líneas con ancho margen. Y sobre todo, mi nota consta de dos partes: 1) En la primera se resumen datos que andan en muchos libros y desde luego también en Kent. Pero esto no era el objeto de mi nota, sino sólo la preparación e introducción de mi tema. 2) La segunda parte o verdadero tema e intención de mi nota es el referir que el conocido poema de Rimbaud llamado "El barco ebrio" se inspiró directamente en pasajes de la obra de Verne llamada Veinte mil leguas de viaje submarino. *De lo cual Kent no dice una palabra. Y como tampoco yo descubrí este dato, y éste sí es un dato nuevo y poco conocido, a diferencia de la anécdota anterior, allí he situado textualmente las autoridades en que lo encontré, a saber: Godohot, Noulet Carner y Etiemble.*

Reyes concluyó:

[...] no creo que se me niegue el derecho, en esas breves conversaciones, a contar en forma de resumen algo de lo que leo por ahí. Otras veces, mis Burlas Veras, que así se llama mi sección, son tan personales que, en efecto, resumo investigaciones propias o evoco recuerdos de mi vida.

Tiempo después, en el momento de compilar para sus obras completas los artículos de la columna Burlas Veras, Alfonso Reyes agregó dos líneas al último párrafo de su artículo sobre Julio Verne:

Esto ya lo saben todos más o menos y en The Saturday Review *acaba de recordarlo George Kent, a quien sigo en líneas anteriores.*

Luego de publicado en *Proceso* el reportaje de Armando Ponce sobre "el plagio de Alfonso Reyes", José Emilio Pacheco, en su sección "Inventario" de la misma revista —29 de mayo de 1989—, dedicó su espacio a escribir sobre el tema. Su defensa de Reyes fue fulminante:

En su centenario y a los treinta años de su muerte quedan tantas cosas por leer, investigar, discutir, aprovechar en Alfonso Reyes que asombra ver dedicadas cuatro páginas de Proceso *a una acusación de plagio, hecha en 1954, por haber aprovechado unas cuantas líneas ajenas en una nota de dos cuartillas.*

Reyes se tomó el trabajo de escribir para nosotros ciento cincuenta libros. A la hora en que debemos juzgarlo lo único que se nos ocurre es decir que, en una zona ínfima de esa inmensa obra, utilizó lo que había leído en la Saturday Review.

Algo queda: la noción más o menos vaga de que Reyes era un plagiario. Por tanto no hay placer ni provecho en acercarse a su obra. Por eso hay que atajar cuanto antes la calumnia y decir que, por supuesto, como tarea de divulgación una gran parte de la obra de Reyes consta de resúmenes y glosas de textos ajenos. Sea quien haya sido Mr. Kent no es creíble que estuviera presente cuando Verne entró en el ministerio de Instrucción. Kent tomó la anécdota de otra persona que a su vez la leyó en un libro escrito por alguien a quien se la contaron. Se sabe, por ejemplo, que el primer verso lírico castellano escrito en la Nueva España ("Dejad las hebras de oro ensortijado") lo halló Terrazas en Chalones. Chalones lo había leído en Petrarca. Petrarca, a su vez, en un trovador que lo había visto en la

traducción de un poeta árabe seguramente inspirado
en un poema persa...

Si todo es plagio, todo escritor es plagiario y pla-
giado. Sólo hay dos expiaciones posibles: el anonima-
to que reconoce la naturaleza colectiva de cualquier
texto, o bien el inventar poemas y cuentos atribuidos
a autores que no existieron nunca. Hartos de resumir
cursos, conferencias y libros para su página de El Sol,
de Madrid, Reyes tuvo el buen humor de fabricar con
su amigo Enrique Diez-Canedo pastiches medievales
como un Diálogo entre Don Vino y Doña Cerveza
que confundió a los eruditos. Es parte del Reyes aún
por redescubrir en esa irrepetible oportunidad del cen-
tenario.

Fue así como José Emilio Pacheco ayudó a ex-
traer la pequeña espina que lastimaba el prestigio
de Alfonso Reyes.

La noche del Rayo López

Ya no me acuerdo bien, pero el caso es que ahí estábamos esa noche en el salón donde a Benjamín le gustaba celebrar con estruendo lo que él calificaba de grandes acontecimientos de su vida. Que las bodas de los suyos, que los bautizos o los cumpleaños o los aniversarios de tal o cual ocasión, digo. Nos reuníamos ahí. Un enorme galerón sin mayor chiste convertido en salón de fiestas o casino, como le gustaba llamarlo a la esposa de Benjamín, más cercano a Ensenada que a Tijuana, a cuarenta minutos de Rosarito, metido bien arriba de donde corría la costera entre acantilados y muy cerca del mar. Escondido del bochinche de otros antros, igual a como se esconde un hotel de paso, es un decir. No. Qué pendejo soy. En realidad los hoteles de paso no se esconden, están según su nombre lo indica al paso de las carreteras o las calzadas importantes aunque por su ubicación y su carácter no dejan de ser clandestinos. Eso es lo que quiero decir. El salón de la costa era de alguna manera clandestino, pero no en el sentido de que se anduviera escondiendo sino en relación con su uso, casi siempre en exclusiva para la gente de Benjamín. Y es muy probable, yo no lo sé de cierto, que el dueño del salón de la costa fuera el propio Benjamín o cualquiera de sus hermanos porque solamente ellos, como digo, lo ocupaban para fiestas y celebraciones de acontecimientos importantes.

Esto que quiero contar ocurrió allá por los noventa, un fin de semana de algún mes al principio de los años noventa o a finales de los años ochenta, de eso sí estoy seguro porque todavía no matábamos al cardenal, ni los Tucanes habían llegado a ser los Tucanes, ni la gente de Benjamín se andaba escondiendo como se esconde ahora todo mundo. Antes era en los ranchos de Benjamín o en las casas de sus hermanos y parientes donde se celebraban los ágapes: así les decía el mamila del Tiburón a las pachangas. También les decía reventones o *paris*, a la gringa. Lo que sea. Se organizaban en jardines de casonas y ranchos de cualesquiera de ellos, o en salonzotes al estilo del salón de la costa o el club Brittania: a la vista de todos porque no había órdenes de aprehensión ni anuncios de recompensas ni amenazas de extradiciones; porque las autoridades, para decirlo en pocas palabras, se encargaban de protegernos según todo mundo sabe, o sabía.

Estábamos pues en el salón de la costa, ¿o sería el club Brittania?, celebrando, creo, el cumpleaños de Benjamín o el de su mujer, o el cumpleaños de alguna morrita, o un bautizo a lo mejor, o el aniversario de bodas de los papás de Benjamín y sus hermanos. No me acuerdo ni eso es lo que importa al fin de cuentas, me cai. Yo no fui con mi vieja. Andaba entonces con la Chata, claro; y como andaba entonces con la Chata, a güevo tuvo que ser a fines de los ochenta o principios de los noventa. ¿Cuándo fue la balacera del Christine? En los noventa, ¿no? En el noventa y uno o en el noventa y dos, y esto por tanto fue antes, mucho antes, cuando andaba empezando a tirarme a la Chata. Al mero principio. En los prolegómenos, le gusta decir al mamón de Mondragón dizque muy culto el hijo de la chingada. Fui y la llevé a la fiesta de Benjamín. Y fue el mismo Benjamín el que quiso o más bien nos ordenó que nos sentáramos en su mesa donde se aplatanaban su hermano Ramón con su mujer y algunas otras personas, me acuerdo, creo que hasta el curita Montaño, pero eso sí no lo podría jurar. Fue una distinción de Benjamín la de sentarme en su mesa. Lo reconozco y lo tengo presente. Estaba agradecido conmigo porque le acababa de conseguir a muy buen precio el cargamento aquel de cuernos de chivo AK-47, los fusiles M-60, las subametralladoras Uzi y los AR-15 con lanzagranadas calibre 38. Además le estaba poniendo en orden la contabilidad que le dejó hecha un garabato el junior Molina, ahí nadie sabía lo que es un debe y haber y menos los fundamentos de la administración de empresas, lo cual era mi fuerte aunque por desgracia no terminé la carrera en el Tec de Monterrey por mil circunstancias, digo: desde que se volvió imperativo regresar a Tijuana a echarle una mano a mi viejo, hasta mi boda con Berta que se adelantó con la criatura, carajo. Todavía no entiendo cómo la pinche Berta se fue a embarazar si habíamos quedado que sería hasta dentro de dos años, luego del casamiento a la de a güevo una vez que los papás de Berta se apalabraran con los míos. Me hubiera convenido quedarme en

Monterrey o irme a México como siempre quise, para hacerle honor al apodo que me enjaretaron por mi forma de hablar y por esas ganas de pelarme al mero centro del país, donde está el corazón de la realidad. Eso terminé siendo a mucho orgullo: chilango. Aunque haya nacido y vivido en Tijuana y aunque haya conocido de muy chavitos a Benjamín y a Ramón, para mi desgracia. Digo bien: para mi desgracia porque ahora viviría en México trabajando en una firma como la Sony, como la Pepsi o una de ésas, de administrador de empresas. Casado, no sé si con la Berta, pero casado, viviendo una vida decente, digo.

Estábamos esa noche en el club Brittania a principios de los años noventa o fines de los ochenta. Yo invité a la Chata de acompañante porque me la quería atornillar, ¡era eso! Benjamín me había dicho: traite a tu esposa, pero yo en lugar de llevar a Berta me llevé a la Chata a la que andaba entorilando, ya lo dije, rumbo a una cama de hotel cinco estrellas en San Diego, si es que me salía melindrosa con los pinches moteles de acá de Tijuana. Aparte de que a Berta no le cuadraban esas celebraciones de Benjamín y sus hermanos, eso hay que decirlo. O sea que le parecían gente malvada, además de corriente. Le reventaba que yo trabajara con ellos, ah, pero eso sí, bien que le hacía tilín la dolariza. Ante los billetes verdes, ningún reparo moral. Feliz con nuestro caserón de cinco recámaras y con la casita de muñecas que se quería comprar en San Diego. Y su carrazo nuevo cada año, su Lincoln muy acá. Y sus chopings y la escuela gringa para las beibis y hasta el diamante de quilate y cuarto el día de su cumpleaños. Peló de este tamaño los ojos. Me comió a besos y jaineamos toda la noche como antes. En ningún momento se atrevió a hacérmela de tos por haber comprado la joya con dinero sucio, como le decía al dinero que yo usaba para estrenar la Vam o para darme un volteón por Las Vegas.

Después de un pleito de aquéllos con Berta mi mujer, de reventar de puertas y mentadas de madre, conocí a la Chata, ya no me acuerdo ni dónde. Pudo ser. Pudo ser en un pari de Ramón o justo en Las Vegas, si mal no recuerdo. Ella andaba poniéndole cuernos a un gringo de Phoenix y yo me fui con la finta de su trasero impresionante y de esos escotes que le bajaban hasta el ombligo. Me prendí de esa morra desde el principio. No era puta de profesión sino simple adicta a los gordos de billetera abultada. Ah, sí, claro, no no no, no la conocí en Las Vegas. La morra de Las Vegas era Mariela, ya me está jugando contra la memoria. Mariela era la que andaba con el gringo de Phoenix. Ésta, la Chata, fue novia del licenciado Salazar, encargado de resolverle los pedos legales a Benjamín hasta que balacearon en la Rumorosa al pobre de Salazar. Entonces la Chata anduvo suelta por ahí, ya con uno, ya con otro. Así andaba cuando le di un fajecín en casa de Ramón, me parece, o del Tigrillo Macías, la verdad no me acuerdo. El caso es que dijo órale, sin pensarlo dos veces apenas la invité al pachangón de Benjamín ese viernes por la noche.

Cuando los Tucanes pusieron punto final a los corridos que les pedía uno tras otro el necio de

Ramón, me solté a bailar con la Chata toda la música norteña que nos aventaron. Luego blus. Luego danzón.

—Ya vénganse a sentar, chingao —me regañó Benjamín—. Tienen toda la noche para chiquearse.

Regresamos pues a la mesa donde la mentada esposa de Benjamín me echaba unas miradas de fulminante:

—¿Cómo está Bertita? ¿Por qué no la trajiste?

—Se fue a México a llevar a su mamá con el doctor.

—Salúdamela mucho, es tan linda. Acuérdale que me prometió esa receta de los frijoles ayocotes. Que no se le olvide, plis.

Mientras me cabuleaba la esposa de Benjamín, y mientras Benjamín se ponía a echarme incienso como si yo fuera el santo señor Malverde, la manita izquierda de la Chata, con sus uñas largas y coloradas, se escurría por mi pierna debajo de la mesa. Más decía Benjamín a sus invitados que yo era esto y que lo otro, una lavadora de lana más efectiva que la May Tag, más se proponían los dedos de la Chata abrirme el pinche cierre de la braguera.

En ésas andábamos —Benjamín con sus floreos y la Chata con sus tentaleos— cuando llegó el Tiburón.

—Ahí está afuera el Rayo López armándola de pedo, Benjamín. Quiere entrar a saludarte.

El Tiburón era nada más y nada menos el mejor gatillero que tenía y tuvo en toda su vida Benjamín. No sé de dónde lo sacó; del mismísimo infierno, seguro. Disparaba con la facilidad y la rapidez con que cualquiera escupe salivazos, y además de ser fiel a la causa convertida en negocio era un redomado cabrón. De una sangre fría increíble. Al apretar el gatillo de su cuerno de chivo sentía el mismo placer que siente Dios, pienso, cuando se pone a picar timbres y botones para ver caer desde el más allá a uno, o a dos, o a tres cuerpos agujerados por la bendita voluntad, por el cabroncísimo poder que otorgan las armas de grueso calibre. Es igual a como si me viniera dentro de una morra, me dijo alguna vez el Tiburón, con sus ojitos brillando brillando. Se siente así, o no. Más. Muchísimo más, trataba de explicarme y explicarse a sí mismo lo que era esa sensación caliente a la hora de disparar metralla y de tomar por su cuenta no sólo las parrandas, como dice la canción de José Alfredo, sino la mismísima existencia del fulano al que le arrancas la vida en un abrir y cerrar de ojos. El pinche gozo del poder, me decía el Tiburón. Tener en el hueco de tus manos una vida y aplastarla como se aplasta una cucaracha que te encuentras en el piso de la cocina a la hora de agacharte para agarrar una taza. O cuando ves correr a la desgraciada cucaracha rumbo a la coladera y tú, zas, la aplastas con el pie de un chingadazo sin pensarlo siquiera pero sintiendo bonito, quién sabe por qué, al oír el crujido del insecto, de su cáscara, ¿a poco no? Agarras por tu cuenta el poder de Dios. Dispones a voluntad de la vida del otro, según dice la Biblia. Eliges quién se chinga y a quién dejas correr por la calle. Ya te tronaste a uno, vamos a suponer, y el que se echa a correr por la calle como alma que lleva el diablo va pensando ya me escapé, me estoy escapando, bendito sea Dios, dame alas, virgencita de Guadalupe. Pero esto es completamente falso. No se está escapando ni está huyendo bajo la protección de la virgencita de Guadalupe. Eres tú, ¡tú!, el que lo está dejando correr por la calle. Y así lo salvas, no por un sentimiento de compasión sino de curiosidad: para imaginar qué chingados siente Dios Padre cuando deja vivir a un pobre buey setenta y cinco años, y a otro se lo chinga a los dieciocho con una ráfaga de metralleta. Eso me decía el Tiburón. Pinche Tiburón, siempre fue para mí un tipo fascinante, un hijo de puta en toda la extensión de la palabra: el mejor gatillero de Benjamín, ya lo dije, que además de tener buena puntería y de plantarse con las dos piernas tiesas clavadas en el piso para disparar a placer, está en condiciones anímicas de hacerlo sin pesadumbre alguna, digo, sin remordimientos, sin dolor, sin culpa; todo lo contrario, lo hacía y lo hizo siempre para buscar el placer, no la muerte. El placer suyo propio, del propio Tiburón. Un como orgasmo. Un como placer sexual, pienso ahora que recuerdo lo que me decía el inmenso Tiburón. En aquel entonces no le hacía mucho caso, la verdad, hasta que entendí varios años después, ahora, por qué al hijo de puta del Tiburón no le gustaban las mujeres. Perdón. No que no le gustaran, rectifico. Se cogió a cantidad de viejas en parrandas y en asaltos y en donde fuera, a mí me consta, pero no sentía por ellas, por las viejas, una predilección especial semejante a la que sienten los calaveras, ¿me explico? Con las mujeres le pasaba igual que con las drogas. El Tiburón no era drogo, ni coco, ni siquiera mariguano. Se metía de vez en cuando una raya, por supuesto, y alguna vez lo vi darse una arponazo; sin embargo nunca lo cultivó como un vicio o una adicción. Su verdadera adicción, me dijo el Tiburón una noche en que nos pusimos pedos allá por la Buenavista, era disparar su cuerno de chivo o su impresionante Extra Colt. No matar. Disparar. Ver caer al otro como una plancha sobre el pavimento.

—Ahí está afuera el Rayo López armándola de pedo —dijo el Tiburón a Benjamín apenas llegó a nuestra mesa—. Quiere entrar a saludarte.

Benjamín giró la cabeza nada más un poquito y miró al Tiburón, chaparrastroso que andaba el Tiburón como siempre: con su playera de los Cowboys de Dallas y su cachucha beisbolera de los Yanquis. Pinche Tiburón, tan contradictorio, tan imprevisible. Sonrisa ladeada y el chasquido de la boca. Ah, pero cuidado con que el Tiburón se sacara la gorra beisbolera para ponérsela al revés, con la visera hacia atrás como de cácher, porque eso significaba entonces, hasta se podían negociar apuestas, que el Tiburón iba a empezar a disparar. Aguas, familia.

Benjamín giró la cabeza hacia el Tiburón nada más un poquito, y luego en sentido contrario hacia Ramón, mientras los dedos de uñas puntiagudas de la Chata acababan de descorrerme el cierre de la braguetta, todito.

—¿Quién es el Rayo López? —preguntó Benjamín a Ramón.

No era pose. De veras Benjamín no recordaba quién era el Rayo López. Ramón y yo lo sabíamos, claro, lo recordábamos bien. El Rayo López era gente del Chapo, ni más ni menos. Creo que hasta parientes o cuando menos, eso sí, amigos muy cercanos. Fue el propio Ramón quien me contó de una conversación que ellos, Ramón y Benjamín, tuvieron meses atrás con el Chapo en Acapulco, en casa de Aguilar Guajardo donde se reunieron los capos más importantes del país. Una reunión organizada desde la cárcel por Félix Gallardo, según me contó Ramón cuando Félix Gallardo era o se sentía el capo de capos, responsable de convertir este negocio francamente nacionalista en una punta de lanza de la ancestral batalla contra los gringos, habida cuenta de que los gringos estaban siendo quebrados, doblados y embrutecidos por nuestra mercancía. Una mercancía no destinada al consumo interno de mexicanos o colombianos, sino para consumo del enemigo común, que no de otro modo consideraba Félix Gallardo y los traficantes nacionalistas a nuestros clientes norteamericanos, viciosos a más no poder. No fue precisamente eso lo que Félix Gallardo mandó decir desde la cárcel a sus colegas reunidos en la lujosa casa de Aguilar Guajardo en Acapulco por el rumbo de Las Brisas. Preocupado por la unidad del gremio, interesado en formar un frente común amplísimo en todo el país, Félix Gallardo se atribuyó el derecho y el deber, como decano que era del negocio, de distribuir territorios entre los diferentes cabezas de grupo para eficientar —como dicen los gringos— esa gran empresa de todos y prevenir disputas o invasiones o duplicación de tareas. Eso mandó decir desde la cárcel el tal Félix Gallardo.

Durante esa reunión en Acapulco, según me contó Ramón, nadie se opuso al mandato del capo de capos. Se consideró incluso muy oportuna la medida y muy atinadas las consideraciones expuestas en una grabación o videograbación enviada desde la cárcel. Aunque se hacía necesaria una posterior cumbre como aquélla, ya fuera en Acapulco o en Puerto Vallarta o en donde decidiera la mayoría, por el momento se debería dar por válida la división de territorios que, como a otros, no gustó del todo al Chapo porque privilegiaba en exceso, pensó, a Benjamín y sus hermanos, herederos y futuros dueños absolutos de la mejor plaza del norte del país que era, al menos para el Chapo, el próspero territorio de Tijuana.

No se inconformó públicamente el Chapo por la repartición hecha por Félix Gallardo, pero en un rato libre que tuvo entre comilona y comilona, entre bailazo y pachanga, el Chapo encontró el modo de conversar a solas con Benjamín y Ramón y hablarles de su pariente el Rayo López, asentado en Tijuana desde hacía muchos años, conectadazo con funcionarios y policías federales y hasta con agentes de la DEA, y muy dispuesto sobre todo a colaborar con el grupo de Benjamín y sus hermanos.

El tal Rayo López era un tipo valiosísimo, insistió el Chapo a Benjamín y Ramón, según me contó Ramón. Y Benjamín admitió que sí, que muy bien, que a toda madre; esa clase de tipos experimentados era justo lo que estaba necesitando su grupo, y que sí, que a toda madre, que el Rayo López lo buscara en cuanto le fuera posible a él y a Ramón o a Javier. Hecho.

—¿Quién es el Rayo López? —preguntó Benjamín a Ramón.

—El Rayo López, hombre —respondió Ramón—. El recomendado del Chapo.

Benjamín puso cara de quien recuerda de pronto, ah sí. Y estalló:

—A la verga con ese buey.

Hizo ademán de levantarse como para ir de una vez por todas a resolver la situación, pero Ramón lo detuvo, le dio una palmada en el hombro.

—Déjame, yo me encargo.

—Dile que vaya a chingarse a la mamá del Chapo —exclamó Benjamín justo cuando los Tucanes regresaron al entarimado para cantar el corrido de Malverde.

Ramón me agarró del antebrazo y me hizo un guiño: quería que lo acompañara. Me levanté de golpe y de golpe, disimulando, me subí el cierre de la bragueta y le di las espaldas a la Chata. Ya no supe que cara puso la muy puta, hija de su chingada madre.

Entre las mesas de invitados ya medio pedones, Ramón y yo fuimos por delante desde el salón hasta la zona al aire libre del estacionamiento. Atrasito iba el Tiburón, que le arrancó su cuerno de chivo a uno de los guardias apostados junto a los sanitarios y luego hizo girar su gorra beisbolera hasta que la visera quedó apuntando hacia atrás.

El Rayo López se veía muy pedo, seguro empastillado. Igual su acompañante, una tal Silvia, pechugona y entamalada en un vestido azul seguramente carísimo aunque ya muy maltratado por la juerga que se traían a cuestas.

Yo no conocía al Rayo López, calvo, gordinflón, muy chapeado, y no puedo decir que lo conocí aquella noche. Es difícil conocer a una persona que no anda en sus cabales y que además echa lumbre por las narices de tan encabronado.

—Vaya, Ramoncito, por fin, carajo, ya era tiempo. Tus monigotes me tienen aquí hace un chingo.

—Estás muy pedo, Rayo. Mejor te regresas.

—No me digas eso, Ramoncito, qué traes.

—Eso traigo.

—Pero acuérdate. Ustedes le prometieron al Chapo meterme en su negocio, aquí está Silvita de testigo, y qué, no me pelan, no me contestan las llamadas. Ni siquiera me invitan a la fiesta de Benjamín.

—Benjamín invita a los que se le hinchan los güevos, Rayo.

—No te pongas al brinco, Ramoncito, qué pasó, al Chapo no le va a gustar. Acuérdate que aquí Silvita es prima de Félix Gallardo.

—Pues tú y Silvita y el Chapo me chupan la verga, cabrón.

Algo así se dijeron el Rayo López y Ramón, estoy inventando, imposible acordarme tal cual de las palabras. Lo que si recuerdo es que Ramón, sin siquiera pensarlo, se echó la mano atrás, a la espalda, se arrancó del cinturón su Smith Special, ¿o era

231

una Luger?, y le vació la carga al miserable del Rayo López. También recuerdo que cuando Ramón estaba disparando, la tal Silvita se lanzó sobre él con las uñas por delante, como garras, y fue entonces cuando el Tiburón, bien parado sobre el piso de cemento, con su gorra beisbolera como de cácher, soltó metralla sobre la infeliz mujer. Allí quedó, acribillada. Acribillados los dos.

—¿Cuál es el carro de este bato? —preguntó Ramón a los guardias que presenciaron el incidente. Se estaba guardando de nuevo el pistolón.

Los guardias estaban bien impactados, no había de otra, pero se hacían los duros. Yo sí que me sentía cagado de la impresión, con ganas de vomitar la pinche cena o de ponerme a aullar como un coyote. El único de veras tranquilo era Ramón.

—¿Cuál es el carro de ese bato? —repitió.

El Tiburón le señaló una camioneta verde, nuevecita, que estaba casi enfrente de la entrada medio estorbando. Los guardias no necesitaron órdenes precisas del Tiburón o de Ramón para hacer rápido su tarea: meter los cadáveres del Rayo López y de la tal Silvita en la zona trasera de la camioneta. Mientras un mozo que llegó de no sé dónde se puso a limpiar con una jerga la sangre del piso, Ramón y yo nos metimos en los asientos de adelante, él dispuesto a manejar la camioneta verde: el Rayo López había dejado las llaves puestas. Detrás de nosotros iba un cuatropuertas con el Tiburón y un par de guardias. Yo no tenía la menor idea de adonde íbamos. Ramón conservaba su calma y hasta aprovechó el viaje para darme consejos. Que aguas con la

Chata; que sí, que estaba buenísima pero era una mancornadora; que me la cogiera un par de veces cuando mucho y luego la mandara a volar porque de otro modo me podía pasar lo que al colombiano aquel, El Prisas, ¿te acuerdas?, me decía Ramón.

—Es un consejo.

Llegamos hasta la mera punta de una formación de acantilados en torno a una explanada y que por lo visto Ramón conocía muy bien. Él y yo nos bajamos de la camioneta verde y luego con el cuatropuertas del Tiburón, defensa contra defensa, la empujaron hasta la orillita, hasta desbarrancarla sobre el escándalo del mar.

No había pasado más de media hora cuando regresamos al salón. Los Tucanes seguían metiendo ruido y en la mesa de Benjamín se habían abierto unas cuatro botellas de la Viuda de Cliquot.

—Pues dónde andaban, cabrones —nos recibió Benjamín—. Pensamos que ya se habían ido a chupar con el Rayo.

—¿Por qué los entretuvo tanto? —preguntó la esposa de Benjamín. La Chata se había levantado y bailaba en la pista con el Güero Salcido, pinche cabrón.

—Estuvimos neceando con el Rayo —dijo Ramón.

Agarró la champaña y bebió un trago a pico de botella. El golpetazo de la espuma por poco lo ahoga.

—¿Y se fue por fin? —preguntó Benjamín.

—Sí —dijo Ramón—. Se fue mucho a la chingada.

Según entiendo, esa noche se declaró abiertamente la rivalidad a muerte entre el Chapo y Benjamín y sus hermanos.

Ésa es la historia que quería contar.

Queen Federika

Eso lo supe después:

Que Juan Manuel Toledo y Pedro Avelar llegaron a Málaga en julio de 1956 un viernes por la tarde. Eran ingenieros recién graduados en la Universidad Complutense de Madrid y les habían prometido trabajar en Montreal en la empresa constructora del tío rico de Avelar. Huían de un franquismo que no ofrecía futuro a los jóvenes. Ellos se lo forjarían a pulso en Canadá, por eso iban felices.

Que también en Canadá tenía puestos sus pensamientos Ramiro, un joven sacerdote del Opus Dei embriagado por las ansias de misionero y orgulloso de vestir la sotana negra que en la España de ese entonces otorgaba dignidad, respeto, estatus.

Con ninguno de los tres me topé en las calles de Málaga. Había viajado al puerto andaluz para embarcarme en un transatlántico porque no tenía dinero suficiente para volar por Mexicana de Aviación, como lo había hecho siete meses antes en la ruta México-La Habana-Madrid.

Mi estancia en Madrid resultó, digamos, una experiencia iniciática. Como becario del Instituto de Cultura Hispánica, en calidad de periodista salido de la escuela Carlos Septién García, me había defendido del adoctrinamiento franquista en el que trataban de sumergirnos la mayoría de los maestros españoles. Más que estudiar, leí; más que viajar, compartí los aprietos de aquella sociedad en crisis. Más que disfrutar placeres, maduré. Tenía veintitrés años, poco dinero y unas ganas enormes de regresar. Ahora era el momento.

Semanas antes, en junio, planeando ya el viaje de vuelta, encontré en las calles de Atocha una ruinosa agencia de viajes. Me llamó la atención que en su escaparate de vidrio sucio y rajado se exhibía una reproducción fotográfica, de tamaño póster, de un transatlántico como de película acompañada de un letrero: ¡Atención! ¡Oferta! ¡Viaje a Canadá y Nueva York por un precio inmejorable! No recuerdo la cantidad de pesetas, pero era mucho menor que los precios por barco que exploré en otras agencias. Me alcanzaban mis ahorros, estirándolos.

El dueño del negocio, un calvo gordísimo experto en enganchar turistas con su demagogia, me embarcó de inmediato. El Queen Federika era un barco griego, qué digo barco, amigo, un transatlántico espectacular de la familia del Queen Mary; usted habrá oído hablar del Queen Mary, ¿verdad?, el heredero del Titanic. Pues esa compañía internacional ha lanzado esta oferta para España por una sola ocasión, para abrir mercados y demostrar lo que son los viajes paradisiacos. El Queen Federika sale de Grecia, en el puerto de El Pireo, levanta pasaje en Málaga, llega a Halifax, Canadá, y ancla finalmente en Nueva York. Nueve días de placer que le parecerán un suspiro, amigo. Mire qué camarotes —me los mostraba el calvo hojeando un folleto—, mire qué salas de recreo, mire qué comedor para príncipes, hasta tiene una capilla; mire qué enorme cubierta para gozar el paisaje de mar. Puede viajar en primera si quiere saber lo que es el lujo, pero la segunda clase tiene camarotes amplísimos para cuatro personas y si le favorece la suerte, si otros no compran pasaje, el camarote será para usted solo. No lo piense más, amigo —ademaneaba el calvo—, ésta es una oferta que ninguna agencia puede mejorar.

Me sentí afortunado. Aquí está: un billete para el camarote 32 de segunda clase con comidas incluidas. Lo felicito, amigo.

Llegue a Málaga en autobús dos días antes del arribo del Queen Federika. Como necesitaba ahorrar para mi viaje Nueva York-México, me hospedé en una pensión miserable que apestaba a pescado descompuesto. No me importó. Dos noches, como quiera.

Cuando al segundo día me asomé al Mediterráneo inmenso por el ventanuco de la pensión, el Queen Federika ya se encontraba flotando a unos cuatrocientos metros de la playa. Se exhibía imponente, como en el póster de la agencia; recordé entonces las palabras del calvo gordinflón: le espera un viaje paradisiaco.

Fue en la lancha de motor que salió a recogernos al muelle del puerto donde conocí al par de ingenieros y al cura ensotanado —¿andará siempre ensotanado?, qué ridículo—, los únicos pasajeros que embarcábamos en España. Juan Manuel era alto, con cuerpo de atleta, en contraste con su compañero Avelar: delgaducho, rubio, siempre tímido.

Los ayudé a subir y acomodar en la lancha las dos maletas que traían cada uno, infladas y pesadísimas como si se estuvieran mudando para toda la vida. La mía era de regular tamaño, de cartón, cargada más de libros que de ropa. La del cura me pareció muy ligera, y ni por eso se acomidió el maldito a ayudar a los jóvenes ingenieros con su equipaje ahora en la lancha y luego en el penoso arrastre por las escalerillas del barco.

Suelto de lengua, chispeante, Juan Manuel no tardó en informarnos de los motivos del viaje a Canadá de él y de su compañero, mientras el ensotanado se santiguaba y empezaba a hacer girar las muescas de su rosario de anillo.

Me extrañó que sólo un marinero de la tripulación nos recibiera en la escalerilla del barco para revisar nuestros boletos y ayudarnos. Más me sorprendió el olor a pescado muerto que brotaba del barco, no de mí, no de mis ropas impregnadas por la maloliente pensión.

—Miren, salieron a recibirnos —exclamó Juan Manuel al advertir la cubierta repleta de pasajeros.

—Qué peste —dijo Avelar oprimiéndose la nariz.

Efectivamente, repletaba la cubierta una multitud de hombres y mujeres zarrapastrosos, sucios, de rostros macilentos, muy tristes. No habían salido a recibirnos como turistas curiosos sino que viajaban ahí.

Como le explicó pronto a Juan Manuel un marinero que hablaba inglés, eran emigrantes huyendo de Grecia para hacer la América, como decís vosotros —puntualizó—. Nada tenían de turistas y sólo algunos privilegiados ocupaban los camarotes de la segunda clase.

Junto al nuestro, el camarote 32 que nos correspondía a los cuatro que abordamos en Málaga, algunas familias griegas se distribuían en el estrecho pasillo junto a los sanitarios MEN RESTROOM, según rezaba un letrerito de metal. Me fijé en un grupo de pobres que habían tendido sus sarapes —muy semejantes a los mexicanos— como camas improvisadas en el piso: un matrimonio, algún pariente, más dos varones pequeños que corrían por el pasillo rumbo a la escalera hacia cubierta.

—Va a ser un viaje espantoso —le dije a Juan Manuel cuando llegamos al camarote 32.

—Nos va a enseñar a convivir con la pobreza —sonrió—. Con el prójimo, ¿verdad, padre? —añadió dirigiéndose irónico al ensotanado.

—Sí, el prójimo —dijo el cura sin disimular un gesto de fuchi.

—Lo insoportable es la peste —comentó Avelar.

El camarote no se parecía al del folleto que me mostró el calvo de la agencia. Era muy estrecho, apenas cabían las infladas maletas de los ingenieros, acomodadas en posición vertical. Yo logré ensartar la mía en el hueco inferior de las dos literas.

—Mi lugar es la de abajo —se apresuró a decir el cura mostrándome su billete.

—Por supuesto, padre, no se preocupe, yo voy arriba.

Enfrente se colocaron los ingenieros: Avelar arriba y Juan Manuel abajo.

El ensotanado volvió a santiguarse, no sé por qué. Él fue quien de inmediato estableció las normas para el uso de nuestro camarote.

Como el espacio disponible entre las dos literas era muy estrecho, sólo cabía una persona, los primeros en utilizarlo tanto para subir como para bajar, vestirse o desvestirse, serían los ocupantes de las camas bajas, es decir: el cura y Juan Manuel, uno tras otro. Hasta que ambos hubieran salido del camarote o se metieran en sus respectivas camas, haríamos lo propio los de arriba: Avelar y yo. Nos comprometíamos a accionar de manera diligente, de ser posible en silencio.

—¿Estáis de acuerdo, muchachos?

—De acuerdo —dijo Juan Manuel—, pero por qué en silencio.

—Para respetar la desnudez del que se desviste o se viste.

—Todos somos hombres —volvió a decir Juan Manuel—, ni que tuviéramos tetas o una verga como la de Avelar —se echó a reír.

—Por eso precisamente, por respeto cristiano.

—A mí me vale que me vean encuerado o en calzoncillos —dije.

El cura ya no habló más. Colocó sobre su cama baja la maleta y esperó a que los tres saliéramos del camarote para desprenderse de la sotana.

Ante todo queríamos conocer el transatlántico, enterarnos de los horarios de comida-desayuno-cena, ubicar el comedor, saber si existía un bar, si nuestra segunda clase tenía comunicación con la primera, si todos los pasajeros eran migrantes paupérrimos…

El Queen Federika había empezado a moverse para cruzar el estrecho de Gibraltar y lanzarse hacia el océano Atlántico. Crujía su esqueleto y empezaba a diluirse el hedor del caluroso verano y de la asquerosa cubierta donde se concentraban grupos de griegos junta a la baranda: conversando a gritos, fumando pipas, jugando algún juego de cartas en una de las pocas mesas de lámina disponibles.

Nos extrañaba ver escasos marineros o empleados de la tripulación transatlántica a quienes solicitar información. Cruzaban de repente y desaparecían. A uno de ellos se aproximó Juan Manuel antes de que escapara por la escalera. Se trataba, por fortuna, del marinero que hablaba inglés. Él le dio la información fundamental que luego Juan Manuel nos transmitió a Pedro Avelar y a mí:

Los pasajeros de la segunda clase no podían visitar la zona de la primera clase. Sólo los pasajeros de la segunda, con camarote, tenían derecho al comedor; "los emigrantes de cubierta" —como los llamó el marinero— llevaban sus propias provisiones y si querían utilizar el comedor debían pagar el consumo. No existía un bar propiamente dicho pero se servían bebidas en una esquina del comedor y había que pagar el consumo. No había zona para bailar, ni música, ni shows como hubiera querido Juan Manuel. Éste exclamó:

—¡Es un barco de quinta!

—Ya los sabíamos —replicó Avelar—, ¿de qué te quejas?

—Yo no sabía —dije—. A mí me prometieron un viaje paradisiaco.

—Qué ingenuo eres, mexicano —sonrió por primera vez Avelar.

La comida del Queen Federika no era suculenta pero sí soportable. Aunque necesitábamos hacer cola por tantos emigrantes, nos fuimos acostumbrando al ambiente de convivir como si viviéramos en un campamento de exiliados con tanto griego que acaparaba las sillas de playa, que nos disputaban hasta un lugar en la baranda frente al mar, que nos miraban con gestos agrios como si fuéramos gente enemiga.

Juan Manuel estuvo a punto de liarse a golpes con uno de ellos —un grandote parecido a Anthony Queen— en la disputa de una silla de playa. Lo separamos Avelar y yo entre gritos de los rijosos, cada uno en su idioma.

Terminé conversando todos los días con Juan Manuel. Primero sobre el cura que se refugiaba casi todo el tiempo en la capilla del rito ortodoxo, suponíamos. Juan Manuel lo despreciaba: no le cedía el primer turno para vestirse o desvestirse en el hueco y le lanzaba pullas por su atildamiento, por la manera en que el padre Ramiro doblaba su ropa para guardarla o acomodarla en la cama, porque nunca comía con nosotros.

—¿Por qué lo odias? —le pregunté.

—Como al culo; a él y a todos los de sotana. Yo soy de Zaragoza y en Zaragoza, durante la guerra civil, un cura delató a mi padre y los franquistas lo fusilaron junto con otros.

—En *Los cipreses creen en Dios*, Gironella cuenta que los republicanos mataron también a muchos sacerdotes.

—Pero mi padre no era rojo. Era un campesino sencillo que trabajaba su parcela. No se metía para nada en la guerra. En cambio los curas, uy, todos franquistas y malvados. Los odio —escupió un gargajo.

Nos hallábamos acodados en la baranda mirando el mar tranquilo por el que se deslizaba el transatlántico. Ésa era la única ventaja de viajar en un barco como el Queen Federika, pensé, grandote y viejo, deteriorado, pero tan sólido que el océano no lo alteraba a pesar de escasos momentos embravecidos.

Le pregunté a Juan Manuel:

—¿Y tu amigo Avelar qué? Lo veo siempre triste, se aísla de nosotros.

—Vive un dramón, salió huyendo de España.

—¿Huyendo? ¿Qué hizo?

—Se enamoró de una chica en Madrid y la preñó. Los padres pusieron el grito en el cielo, cabreadísimos; trataron de casarlo pero él no quiso, tenía su futuro por delante, nos acabábamos de graduar en Ingeniería y se escondió por cielo y tierra. El padre de Andrea, que es un garañón muy influyente, lo delató con la policía y fueron a buscarlo. No sabes qué historia. Pedro se puso en contacto con su tío de Montreal y aquí estamos, como fugitivos de película.

—Ya se salvó Avelar.

—Tiene miedo de que lo atrapen hasta en Canadá y tiene razón, te digo, el padre de esa putilla es muy influyente —meneó la cabeza, sonrió—. Yo le di siempre la razón a Pedro. Le aconsejé. Las mujeres son para tirárselas, no para casarse, ni que estuviera uno loco.

Juan Manuel giró para quedar de espaldas al mar y se puso a mirar a los emigrantes de ropas sucias y raídas.

—¿Ya viste aquel par? —me señaló con el mentón a dos chicas jóvenes sentadas en el piso de la cubierta, cerca de la popa—. ¿A cuál te tirarías?

—A ninguna, están muy puercas.

—Imagínatelas bañaditas, en negligé.

—A la Nefertiti —dije en referencia a la que tenía una nariz ganchuda, muy morena.

—Con el ayuno de mujer que traigo, me tiraría a las dos… Mira, ya sonrió, le gustaste.

No era cierto pero lo dejé desahogar sus ansias de mujer.

—Si yo no me entrepierno con alguna durante una semana me muero, literalmente me muero.

Cuando se dejaba de picardías, Juan Manuel hablaba de sus conocimientos como ingeniero. Era un experto en cálculo de estructuras y de eso iba a trabajar en Montreal en la empresa del tío de Avelar.

—Yo también soy ingeniero —le dije, y peló los ojos—. Bueno, casi, porque me faltan tres materias para recibirme. Voy a regresar a México con mi carta de pasante y luego haré la tesis.

—No me imaginé que fueras colega, mexicano. Tú presumías de periodista, ¿qué no?

—También lo soy, pero lo que quisiera ser, algún día, es novelista.

—Uy, qué complicado me saliste, ingeniero.

Esa noche me fui sin cenar al camarote y me dejé caer en la cama de Juan Manuel a leer un libro de Azorín. La luz era muy débil. El primero en llegar fue Avelar, que sin interrumpirme se trepó a la cama alta de su litera. Después llegó el padre Ramiro vestido con lo que había convertido en uniforme: pantalones de mezclilla, camisa sport y alzacuellos, por supuesto.

Cuando me vio leyendo me dijo:

—En lugar de leer cualquier cosa deberías de leer éste, te lo presto.

Era un ejemplar de *Camino*, el librito de José María Escrivá.

—Es del Opus Dei —le dije, rechazándolo—. ¿Usted es sacerdote del Opus?

—¿Qué sabes de nuestra institución?

—En Madrid, un amigo colombiano me invitó a una conferencia del Opus Dei en el jardín de una casa muy lujosa. Llegamos tarde. Todo estaba a oscuras y se oía a un tipo leyendo pensamientos de *Camino*, según me instruyó mi amigo. Me pareció ridículo que toda la casa estuviera a oscuras, ¿para qué?

—Para que meditaran. ¿Tú meditaste?

—Al contrario, me distraje y me aburrí.

—Sabes muy poco del Opus, muchacho.

—Lo que sé es que atienden a pura gente rica y son franquistas. Todo mundo lo dice en España,

—No sabes nada. Y deberías aprovechar esta oportunidad que te da la providencia encontrándote conmigo en un barco, entre gente extranjera. Tómalo como un llamado de Dios. Dios te está llamando, muchacho.

—Voy a subir a mi litera —lo interrumpí—. No me interesa.

Parecía molesto, como también yo por decirme siempre "muchacho" cuando éramos casi de la misma edad. Me detuvo antes de que tratara de trepar.

—Salte —ordenó—. Déjame primero que me ponga mi ropa de dormir.

Antes de abandonar el camarote oí una risita de Avelar, desde las alturas.

A la mañana siguiente, cuando Juan Manuel y yo desayunábamos un café con leche y galletitas griegas horribles, el experto en cálculo de estructuras se mostró exultante.

—¿Qué crees que hice anoche?… Viste que no fui a dormir.

—Ni cuenta.

—Me tiré a la Nefertiti.

—¡Qué dices!

—Así como lo oyes, y dos veces, qué coño.

—Pero dónde.

—Ahí en la cubierta junto a la popa. Nos envolvimos en sus trapos y a sonarle toda la noche. Qué manera tienen de follar esas griegas, parecen pirañas.

—Apestaba, ¿qué no?

—La peste me calentó más.

—¿Y los migrantes? Eso estaba lleno de gente.

—Roncaban los malditos. Y si se dieron cuenta, chitón, no les importó.

No salía yo de mi asombro.

—No te creo, Juan Manuel.

Me codeó el hombro cuando casualmente la Nefertiti se asomó al comedor y al ver al de Zaragoza se escabulló rápidamente.

—¿Viste cómo se escamó? —reía satisfecho de su hazaña—. Y esta noche otra vez. A ella o a su amiguita. Con esto ya valió la pena viajar en este barco de mierda.

Fue precisamente esa noche cuando se alborotó el océano. Desde la tarde las olas crecieron y empezaron a saltar la cubierta, a desfajar el desconcierto entre los griegos que huían de la baranda para refugiarse en las escaleras, en los escasos aleros de las edificaciones, en el interior del comedor. Los lengüetazos del mar barrían cobijas, bultos, cajas. Crujía ruidosamente el Queen Federika con la amenaza de descoyuntarse mientras se balanceaba para arriba y para abajo como un columpio sin freno.

Refugiados en nuestro camarote 32, luego de cruzar pasillos atestados de migrantes, los cuatro no salíamos del asombro. Yo estaba aterrado.

—No pasa nada, no pasa nada —decía Juan Manuel en tono de marinero experto. Salió para buscar información y regresó media hora después: —no hay tormenta, no hay lluvia, solamente son corrientes encontradas, remolinos subterráneos: la zona del cowboy.

—¿La zona del cowboy?

—Así lo llaman los marineros a esta latitud del Atlántico.

Con buen tino porque el mar rebelde parecía un potro salvaje tratando de tumbar a su jinete.

—Oye cómo truena al barco, Juan Manuel. ¿No irá a partirse en dos?, es un vejestorio.

—Las estructuras de estos transatlánticos, y mira que yo soy un experto en estructuras, han sido diseñadas para soportar embates así y peores. Lo que está deteriorado son sus instalaciones, por eso no hay peligro de naufragar.

Empezábamos a sufrir mareos que nos impedían mantenernos en pie. El cura Ramírez se acostó en su cama baja: tenía cara de miedo igual que Avelar y yo. Avelar subió a su litera y yo a la mía al tiempo que Juan Manuel parecía transformado en un calificado miembro de la tripulación. Volvió a abandonar el camarote y regresó con cuatro bateas de peltre que le entregó el contramaestre, dijo.

—Para que vomiten cuando sientan náuseas.

—¿No tiene pastillas para el mareo? —preguntó el cura Ramírez.

—Aunque tuviese ya no servirían ahora. Hay que aguantar.

—¿Cuánto tiempo? —preguntó Avelar desde lo alto.

—Dos días, según me explicó el contramaestre, pero no pasa nada.

El primero en vomitar fui yo. No lo hacía desde niño y me acordé de mi padre apretándome la barriga y de mi madre limpiando mi guacareada en el cuarto de baño. Ahora resultaba horrible porque la náusea se mantenía y yo continuaba vomitando cuando ya no me quedaba nada en las tripas.

Juan Manuel me ayudó a bajar de la litera con la batea cargada de mierda y fui al MEN RESTROOM que por fortuna se hallaba muy cerca del camarote. Me desplacé con dificultad entre los migrantes tendidos en el suelo con niños que lloraban y gritaban, con madres que los consolaban, con hombres soltando maldiciones en griego, supongo. También en el baño había zarrapastrosos contorsionándo-se por la náusea. Apestaba el cuarto a suciedad. En uno de los dos excusados tiré mi batea sobre vómi-tos de otros y fue inútil tratar de vaciar el mueble: el mecanismo no funcionaba. Regresé mareadísimo, caminando despacio para conservar la vertical y de-cidí no bajar nunca más de la litera. Qué horror. El tiempo se volvía eterno.

Tanto zangoloteo del cowboy se prolongó cua-tro días, no dos como le prometió el contramaestre a Juan Manuel. Mi amigo zaragozano salía y entra-ba con una seriedad envidiable; quién tuviera su estómago, quién pudiera dominar ese conatito de basca, ese regurgitar en el estómago que convierte al esófago en un surtidor hasta la lengua imposi-ble de detener. Y a vomitar y a vomitar y a vomitar. Guácala.

El cura Ramírez se ponía a rezar en voz alta el rosario. Luego nos instaba a recitar la Salve para que María Santísima nos diera fortaleza e intercedie-ra con su hijo Jesucristo haciendo que amainara el temporal como lo consiguió con sus discípulos en el lago de Genesaret, decía.

—Dios te salve reina y madre, madre de mise-ricordia…

—Déjenos dormir, ¡ya! —le grité.

Trataba de conciliar el sueño o la serenidad re-cordando pasajes de tormenta en las novelas de Salgari y Julio Verne. Mejor pensando en Cristó-bal Colón cuando se atrevió a cruzar el océano en aquellas carabelas de papel que debieron moverse y crujir horrorosamente más que nuestro transatlántico. Cómo lo soportaron, Dios mío, cómo aguantaron una travesía de meses expuestos a tormentas y zangoloteos de una intensidad mucho peor a ésta. Se reirían de mí, de nosotros, de cualquier infeliz del siglo veinte aterrado porque su barco se balancea una cosita de nada.

—¡Cristóbal Colón, ruega por nosotros! —lloraba yo— ¡Cristóbal Colón, ampáranos, consuélanos, ten compasión!

El domingo en la mañana el cura Ramírez nos despertó muy temprano.

—Voy a decir misa, muchachos. Venid conmigo a la capilla para pedir a Dios que el barco no naufrague.

—Ni loco que estuviera —le grité.

—Yo voy con usted, padre, ahora mismo —dijo Avelar.

Bajó de la litera y le ayudó con la petaquita que el cura llevaba.

Juan Manuel permanecía en la cama roncando.

Ramírez y Avelar no alcanzaron siquiera la escalerilla que conducía a la capilla. Víctima del vértigo, el cura se desplomó mientras guacareaba. Avelar trató de levantarlo, no pudo: bamboleándose fue a pedir la ayuda de Juan Manuel.

—La petaquita, la petaquita —gemía el del Opus Dei cuando los españoles llegaron—. Ahí traigo los útiles sagrados; por favor, recogedla.

Fue Juan Manuel, según nos contó después Avelar, quien le limpió un poco la cara salpicada por el vómito, lo alzó del piso y lo condujo embrazándolo hasta el camarote. Lo depositó en la cama, le siguió limpiando la suciedad, le decía:

—Tranquilo, curita, tranquilo, ya pasó, no se avergüence.

—Aquí está su petaca, padre —le dijo Avelar.

Dos días más tarde, el mar se tranquilizó por fin. Volvieron las aguas a su respiración habitual como si el jinete del cowboy hubiera conseguido superar la prueba. Regresó la normalidad.

Tomaba un caldo y una pieza de pan negro en el comedor cuando felicité a Juan Manuel por su generosidad:

—Eres un héroe. Te portaste con nosotros como un amigo de verdad. Hasta con el cura que tanto odias.

—No exageres. Nunca me sentí mareado de verdad. Me la pasé tranquilo.

—¿Y qué hiciste? ¿Te cogiste otra vez a la Nefertiti?

—Ya no hubo modo, pero vamos a llegar a Canadá y ahí me desquito. Dicen que las canadienses son muy liberales y les encanta follar.

Me reí. Aún me sentía un poco mareado, como ahora que lo recuerdo, más de cincuenta años después.

El Queen Federika ancló en Halifax una madrugada y apenas tuve tiempo de despedirme de mis amigos deseándoles suerte, desde la litera.

El cura Ramírez aprovechó para soltarme su última prédica:

—Busca a mis compañeros del Opus cuando llegues a México. Ellos te van a convencer y aquí te dejo el libro de Escrivá. No rechaces tu vocación, voy a rezar mucho por ti.

Nunca volví a ver a Juan Manuel y a Pedro Avelar ni a comunicarme con ellos a pesar de que me dejaron una dirección y un número telefónico de Montreal.

Subí a cubierta luego de que el Queen Federika zarpó hacia Nueva York. Estaba desierta, sin la mayoría de los migrantes griegos, casi desolada. Un grupo de marineros fregaba el piso y recogía los restos dejados por los zaparrastrosos. Entré en el comedor. También estaba desierto cuando me senté a una mesa y pedí, señalando el menú manchoneado, lo que resultó ser una especie de goulash. Al poco tiempo una anciana fue a sentarse a mi lado; no sé por qué, habiendo tantas mesas desocupadas. Era una mujeruca redonda de rostro limpísimo, sin arrugas. Llevaba un chal sucio y deshilachado de dibujos grises y amarillos que hacía más redonda su cara y luego le envolvía el cuerpo como un garabato. Un rosario muy largo le ocupaba las manos. Supuse que era polaca o yugoslava, o rumana, no griega, ya que en su idioma áspero, cargado de consonantes ruidosas, trató de pedir un platillo sin consultar el menú. El mesero griego no le entendió. Terminó señalando el goulash que yo sopeaba y mientras se lo traían se dio a rezar en voz alta su rosario. No me quitaba la vista de encima ni en ese momento ni después, cuando empezó a comer quejándose de lo caliente que estaba aquella sopa. Quiso compartir su retobo y me hacía preguntas imposibles de responder hasta que inició un larguísimo monólogo indescifrable para contarme a mí o a ella misma alguna aventura reciente, alguna desgracia de su pasado que le arrancaba lágrimas, ademanes de expectación, gestos de tristeza, de azoro, de dolor y luego la risa minúscula de su boca entrompada mientras abría y cerraba sus ojuelos para examinar el segundo platillo que nos sirvieron a ambos: un pescado desabrido bañado por una sospechosa salsa negra. Lo partía con el tenedor y lo picoteaba como una gallina vieja soltando cacareos.

Antes de que la anciana terminara de comer lo que a mí me pareció medianamente aceptable, me levanté de la mesa. Me despedí.

—Adiós abuela, que la pase bien.

Apenas se sorprendió por mi huida. Continuó picoteando su pescado y hablando en voz alta.

A la hora del crepúsculo, acodado en la baranda frente a un mar arrepentido ya de sus impulsos criminales, pensé en traducir algún día —cuando me convirtiera en escritor— el monólogo de la anciana: la historia imaginaria de dolor y ternura de aquella mujer abandonada en un barco como residuo inservible de la humanidad.

A la siguiente mañana quise conocer un poco más el Queen Federika. En un par de sillas de playa descansaba ahora una pareja; el hombre con una pipa humeante y gorrita de fieltro, la mujer leyendo una revista europea. En otra silla: un hindú con turbante tomando el sol. El transatlántico se veía mejor, aunque ciertamente se había transformado poco menos que en chatarra. Subí después por una escalerilla y encontré abierto el acceso a la primera clase. Un pasillo me condujo al comedor exclusivo. Era más pequeño que el comedor de la segunda y tenía en sus muros descarapelados, cenizos, enormes pinturas turísticas: el Partenón, las pirámides de Egipto con camellos, la Esfinge…

Solamente un matrimonio desayunaba ahí.

—¿Tú eres mexicano? —me preguntó la mujer de pelo corto, bien peinada, muy guapa por cierto.

Asentí. Me consideré un intruso sorprendido de que adivinaran mi nacionalidad.

El hombre, de guayabera, me invitó a sentarme.

Eran de Monterrey y se mostraron de inmediato sumamente enojados —furiosos, subrayó la mujer— con la empresa del Queen Federika. Les prometieron un barco de lujo y se encontraron con esta ruina que tronaba día y noche. Su camarote de primera parecía de quinta: muebles viejos, camas individuales con colchones de resortes para faquires —dijo la mujer guapa— y alfombras rotas, sucias, ¡un horror!

—Vamos a demandar a la compañía apenas lleguemos a Nueva York —dijo el hombre apellidado Garza, como típico regiomontano.

Me contaron que habían viajado a Europa durante tres semanas y de regreso quisieron disfrutar de un transatlántico. Se encontraron con esta basura de barco, qué calamidad.

Les caí bien a la pareja. No sé la razón. Me invitaron a desayunar ahí con ellos a pesar de ser pasajero de segunda clase —el mesero lo aceptó sin chistar— y me cosieron a preguntas. Nada les dije de los migrantes griegos en la cubierta, ni de mi camarote para cuatro, ni de los horribles mareos durante el mal tiempo. Los entretuve hablando de mi beca en Madrid como periodista y del propósito de regresar a México para recibir el título de ingeniero.

—Ingeniero y periodista al mismo tiempo, qué bien, qué ambicioso eres —dijo con admiración el señor Garza, quien resultó ser un exitoso exportador de carne enlatada.

—Nosotros tenemos una hija como de tu edad —dijo la mujer guapa sin venir al caso—. Nos encantaría que la conocieras, ¿verdad, Pepe?

Y cuando supieron que yo pensaba viajar directo de Nueva York a México en Greyhound, porque me quedaba poco dinero, la mujer guapa preguntó:

—¿No te gustaría quedarte en Monterrey unos cuantos días para descansar? Así conoces a nuestra hija. No gastarías nada.

—Gracias, pero me urge regresar a mi casa.

—¿Dejaste alguna novia allí?

—No, no tengo novia —dije.

—Piénsalo de aquí a Nueva York —sonrió con malicia el exportador de carne enlatada.

Aunque me incomodó sentirme objeto de cacería para una hija única, les agradecí su ayuda con el inglés en mi tránsito por la aduana de Nueva York; además de su empeño en compartir un taxi que los llevó al Waldorf Astoria y a mí a un hotelucho que me recomendó un amigo de Madrid cercano al célebre Madison Square Garden donde pelearon Firpo, Joe Louis, Jack Dempsey.

Ahí pasé la noche. Por la mañana fui de prisa a comprar mi boleto de Greyhound que me llevaría durante cuatro noches y cuatro días, sin escalas, hasta la frontera con Estados Unidos en Ciudad Juárez. Después comí como príncipe un steak jugosísimo con la pareja regiomontana en su lujoso hotel. Acepté por agradecimiento ir de shopping en la tarde. La mujer guapa quería un vestido de fiesta para su hija —con éste se verá preciosa, ¿no te parece a ti?— y un abrigo de mink para ella. No fue fácil encontrarlo. Recorrimos cuatro o cinco tiendas especializadas en mink y la mujer guapa terminó comprando el que se probó —carísimo— en la primera tienda.

Empezaba a anochecer cuando me despedí de la pareja prometiendo visitarlos en la dirección y teléfono que me entregó el exportador de carne enlatada en una tarjeta de visita.

—Vas a ver qué linda es mi hija, se parece a mí —me aseguró la mujer guapa.

Fue largo y cansadísimo el viaje hasta Ciudad Juárez. Apenas me detenía a comer hotdogs y a ducharme un par de veces en la regadera de los sanitarios con una moneda gringa de veinticinco centavos. Pero iba contento y animoso de iniciar desde el punto de arranque mi verdadero viaje hacia un futuro incierto, promisorio, emocionante.

Llegué al final de la aventura sintiéndome satisfecho. Feliz, en lo que cabe.

Mucho más gente así de Vicente Leñero
se terminó de imprimir en noviembre de 2017
en los talleres de
Litográfica Ingramex, S.A. de C.V.
Centeno 162-1, Col. Granjas Esmeralda, C.P. 09810
Ciudad de México.